COLLECTION FOLIO

Sylvain Tesson

S'abandonner à vivre

Gallimard

Sylvain Tesson est l'auteur de nombreux essais et récits de voyage, dont *L'axe du loup*. Son recueil de nouvelles *Une vie à coucher dehors*, s'inspirant de ses pérégrinations, a reçu le Goncourt de la nouvelle 2009. *Dans les forêts de Sibérie* a été couronné par le prix Médicis essai 2011 et *Berezina* par le prix des Hussards 2015. En 2018, il a publié *Un été avec Homère* aux Éditions des Équateurs.

On mourra seul. Il faut donc faire comme si on était seul.

PASCAL
Pensées

En voilà un qui s'étonnait de parcourir si facilement le chemin de l'éternité ; il dévalait en effet la pente à toute vitesse.

FRANZ KAFKA
Les aphorismes de Zürau

L'agitation lui paraissait la façon de tout arranger.

DRIEU LA ROCHELLE
Le feu follet

LES AMANTS

> Ils avaient donc entre eux changé de rôles pour mourir ; et la question surgit – absurde, peut-être – de savoir s'ils n'auraient pu en faire autant, au moins un peu – dans la vie.
>
> LUDWIG HOHL
> *Ascension*

Rémi et Caroline ? Des Parisiens de quarante ans du genre de ces héros de romans écrits par des Parisiens de quarante ans. Je les ai connus tous les deux, bien avant leur rencontre, avant que tout le monde ne prenne l'habitude de dire « Rémi et Caroline », de ne jamais dire « Rémi » sans ajouter « et Caroline » ni de prononcer le nom de « Caroline » sans y associer « Rémi ». Rémi & Caroline, ça aurait fait un bon nom de restaurant bio.

Je les ai présentés l'un à l'autre. Lui, donnait de temps en temps des dessins au journal pour le supplément du week-end. Elle, était une tueuse de chez Goldman Sachs dont je n'ai jamais compris les activités parce que je ne m'intéresse pas aux mœurs des fauves dans les steppes climatisées de la finance globale. Je l'avais connue enfant, elle était la meilleure amie de ma sœur avant que ma sœur ne se ravise et que j'hérite de l'amitié.

C'était au cours d'une fête chez ce petit abruti de Jimmy qui caricaturait les écrivains dans les magazines américains et essayait de refiler ses dessins politiques pourris dans la presse gauchiste. Une de ces soirées où les Parisiens se prennent pour des New-Yorkais en s'accueillant à grands sourires et tapes dans le dos et en se servant des scotchs dans des appartements trop petits pour que ça fasse illusion. On s'ennuyait à crever, mais il n'était pas question d'aller dormir. Nous avions peur de vieillir et ne voulions pas risquer d'attraper des rides en fermant l'œil. Nous étions des veilleurs de nuit, nous surveillions nos vies. Nous mettions notre vigilance dans l'insomnie. Et tout le monde était un peu honteux de ne pas rentrer chez soi parce que rester ici, posés comme des bibelots, revenait à avouer que, chez soi, cela n'était pas beaucoup plus trépidant. À un moment j'ai dit : « Caroline, voici Rémi, il est peintre ; Rémi voici Caroline, elle vit dans une banque en attendant de se faire braquer. » Elle a dit un truc gentil du genre : « Ils doivent être réussis vos autoportraits », et, lui, il l'a regardée avec un air de flétan de la mer d'Aral parce qu'il ne sait jamais quoi dire au moment où il le faut et qu'il était très saoul et qu'elle était très belle. Je les ai laissés parce que je sentais que j'avais été bien inspiré. Ensuite, ils ne se sont jamais plus quittés, ce qui est un mystère immense sur lequel nous émettions toutes sortes de suppositions lorsqu'on trempait des pitas dans des sauces orientales chez le maronite de la rue du Sentier, en sortant du bouclage.

Le pôle Sud et le pôle Nord ont un point commun : le pivot du monde les transperce. Chez Rémi et Caroline, il n'y avait pas d'axe, seulement l'attraction des antipodes. Cette anomalie leur tenait lieu de mortier. Le *Fandango* du Padre Soler plongeait Rémi dans des ravissements, elle était prise de convulsions en écoutant David Bowie. Il prétendait que le clavecin était un instrument démonique. Elle montait le son de la chaîne et les coulées en fusion de *Pin Ups* échappées de la gorge du zombie vif-argent faisaient vibrer les vitres de l'appartement de la rue Beaugrenelle, couvrant la fin de la phrase de Rémi sur « la préfiguration électrique des transes de la techno dans le pincement de l'épinette… ». Elle disait que la littérature mondiale avait été destinée à faire patienter les lecteurs avant l'arrivée de Stendhal, il vénérait Ramuz. Elle incarnait le cristal, il semblait moulé dans la glèbe. Elle : un visage de louve aux yeux verts, taillé dans une chair céramique. Lui : une face cireuse, couleur de lune, et cet air d'épagneul qui s'en revient bredouille d'une chasse en Sologne.

Pour elle, la phrase parfaite s'apparentait à un flacon de Murano explosé d'un coup de knout dans les rafales sèches d'une nuit italienne. Lui ânonnait Péguy : des alexandrins où la boue suintait par la pliure de l'hémistiche. Parfois, il infligeait à Caroline des récitations des *Tapisseries* sur fond de musique tibétaine, prétendant que le bourdonnement des mantras himalayens s'accordait aux radotages de Péguy sur « la race ensanglantée » et « le sillon fertile ». Il théorisait sur tout, elle observait. Quand il se passait quelque chose, il cherchait à se souvenir ce que cela lui rappelait. Elle, ne tentait que de trouver des façons inédites de nommer les hasards de la vie. Lui, citait les auteurs. Elle, ne se souvenait de rien sauf de cette phrase de Jules Renard piquée dans le *Journal* : « Parole d'un homme qui explique bien mais qui n'a pas trouvé lui-même ce qu'il explique. » Il retenait tout, elle s'efforçait d'oublier. Il savait relier, elle savait regarder. Il cherchait des références, elle ne croyait qu'à l'inédit. Il était myope. Elle haïssait les taupes, vivait dans la lumière et pouvait subitement s'arrêter dans la rue pour tourner son visage vers le soleil, accueillant, les yeux fermés, l'offrande de la lumière sur l'autel de sa peau.

Il buvait de la Jupiler, elle n'aimait que les vins de Loire, ce filet clair de sable et de brouillard, qui monte aux tempes en rosissant les joues. Il mâchait lentement d'énormes steaks très cuits, elle picorait dans des woks avec des gestes de lémurien anémique.

Rêves, souvenirs, citations : il archivait tout dans des petits calepins noirs. Elle répugnait à ce greffe de l'existence. « On met sa vie dans un herbier pour qu'elle sèche », disait-elle quand elle le surprenait, penché sur ses cahiers. Il notait tout, elle ne gardait rien. Il vivait dans le mâchement, elle glissait. Il était fait pour labourer, elle, pour le patin à glace sur des plaines de mercure.

La baise confirme les penchants. Caroline me confiait tout, comme si nous avions fait nos classes au 126e régiment d'infanterie de Brive-la-Gaillarde. Au lit, elle voulait rafler son dû. Elle pillait l'autre, appelant cela « une descente de lit ». Lui ? Il adorait les retards à l'allumage.

Je me souviens des dîners chez Rezzori, boulevard Saint-Germain. Caroline y allait souvent, traînée par les petits mecs des « fusions acquisitions » de la branche new-yorkaise, en mission à Paris. Il ne serait jamais venu à ces types hors sol l'idée de faire saigner une entrecôte dans un troquet. Ils voulaient voir mousser des émulsions d'antennes d'écrevisses sur des gaspachos de concombre. D'ailleurs, ils ne mangeaient rien. Ils buvaient du Roederer glacé en détaillant les bariolages que des garçons à hanches étroites, très gominés, apportaient dans des assiettes noires. Rémi détestait l'endroit et quittait son atelier à contrecœur quand Caroline le suppliait de les rejoindre. Il arrivait une demi-heure après le coup de téléphone, son casque de scooter à la main, d'un pas pesant, l'air blafard, la joue hostile. Caroline agitait une main bronzée en le voyant entrer et son poignet veiné ressemblait en tintant aux chevilles des danseuses rajputs. Il disait qu'il aurait préféré une viande et du vin, et les Américains le dévisageaient par-dessus leurs montures laquées comme s'il avait commandé un ragoût de couilles de phacochère.

Il avait l'obsession du temps. Il souffrait physiquement de l'accroissement des heures. Les crépuscules étaient des défaites. L'aube sonnait l'annonce du sacrifice de la journée. Seul répit : à midi, quand on se piétinait l'ombre. Il avait banni de son atelier les horloges et ne portait jamais de montre à mécanisme. Tout juste acceptait-il les sabliers, les appareils à cristaux liquides, les montres à quartz qui décomptent le temps dans le silence des froissements de silice.

À Beaugrenelle, de longues toiles épaisses, stratifiées, couvraient les murs de l'atelier. Elles illustraient sa tentative de fixation de la durée dans l'intensité des paysages. C'est du moins ce qu'il expliquait aux visiteurs. S'y éployaient de lentes coulées blanches au-dessus de tourbes gelées, quelque chose qui figurait des matinées de février sur des plaines de cauchemar. L'œuvre, couleur d'humus, sentait le whisky. Pendant des heures, il fumait des cigares en surchargeant ses toundras acryliques.

Caroline ne rêvait que de voyages. L'avion était son pays, son rêve climatisé. Elle aurait passé sa vie dans les terminaux. Il fallait déployer des trésors d'énergie pour convaincre Rémi de quitter Paris. Il acceptait un voyage en Hollande ou en Écosse, dans un de ces pays où les efforts du ciel à vous repousser au fond des pubs confortaient son désir de s'enfouir. Elle aimait sillonner, à fond, des villes ocre et brûlantes, toscanes ou marocaines, striées de ruelles nerveuses qui explosent sur des placettes aveuglantes. Il voulait hiberner, elle sautait comme une puce. Elle avait trouvé son ours, elle ne le parasitait pas. Le temps ? Elle s'en foutait, elle l'avait semé.

Elle regardait les chaînes d'information continue, les écrans divisés en carrés animés. Des débatteurs écœurants se harponnaient dans des cases, le nombre de morts d'une émeute arabe défilait dans un bandeau et les cours du Nasdaq clignotaient dans le coin gauche. Tout le fatras du monde se résorbait en chiffres. Elle partageait avec les journalistes de l'« information continue » l'idée qu'une phrase de plus de douze mots est trop longue pour l'attention du téléspectateur. Elle racontait à Rémi que son cerveau pouvait analyser des dizaines d'informations en même temps. Son regard très mobile opérait par coups de sonde et elle savait apprécier simultanément toutes les facettes de la réalité. Elle avait le regard cubique. Elle avait l'œil des mouches, lui, un front de cyclope. Elle vivait en mosaïque quand lui s'écartelait sur le plan euclidien.

Quand il ne peignait pas, il lisait les penseurs marxistes de l'École de Francfort. Hartmut Rosa avait publié *Une critique sociale du temps.* Rémi appelait Caroline au bureau pour lui lire des passages : « Le temps s'avère au fond l'instrument principal de la société disciplinaire. » Elle l'écoutait, le Blackberry coincé entre l'oreille et l'épaule, continuant à taper son e-mail au *chief executive officer* de l'agence en envoyant des Post-it de couleur rose dans sa corbeille d'acajou, l'œil sur le terminal de Bloomberg. Et quand il ajoutait : « Tu t'es soumise, ma chérie, moi je suis libre parce que je ne fous rien d'autre que de me lever parfois pour mettre un coup de pinceau », elle riait en lui répliquant qu'on l'appelait sur l'autre ligne.

Pendant des semaines, il avait retourné l'équation d'Hartmut Rosa : « En général, un temps rempli d'expériences variées et originales semble passer rapidement, mais il semble avoir été long lorsque l'on se le rappelle. Inversement, un laps de temps vide d'expériences semble passer lentement mais paraît rétrospectivement très bref. » Il était arrivé à la conclusion que seuls l'artiste et l'amant nourrissaient le sentiment de vivre dans le *temps long* tout en s'adonnant à une activité *variée et originale.*

Il moulinait le sujet sans se lasser jamais, cherchait partout les réponses à la question du temps, furetait dans saint Augustin et se tapait Plotin. Elle usait les idées comme les chats des souris. Prendre un concept, le retourner, en tirer quelques réflexions, s'amuser des paradoxes et le jeter une fois vidé…

Pour lui, un rendez-vous était une agression, un coup de téléphone, une fêlure dans le déploiement du silence. Elle aimait le travail en équipe, la frénésie qui s'emparait des salles des marchés au moment des transactions périlleuses. Elle butinait les gens, menait trois conversations, sans compter les débats intérieurs et le soir, en fermant les yeux, elle laissait le train des visions de la journée, la chasse des visages et la caravane des silhouettes passer sous ses paupières avant que le convoi des souvenirs ne s'abîme dans des oubliettes sur lesquelles elle ne se pencherait plus jamais.

Ils s'aimaient, éberlués par ce qui les séparait. Leur amour procédait de la fascination des gouffres. Ils s'aimaient à travers une plaine ou, plutôt, d'une rive à l'autre. Au milieu coulait leur vie.

Avant-hier soir, ils sont partis à moto dîner chez les parents de Caroline à Barbizon. Ils ont percuté de plein fouet le cul d'un camion tombé en panne dans la montée de Savigny-sur-Orge.

Dans l'accident, ils se sont rendu un ultime hommage.

Caroline a survécu. D'après les médecins qui surveillent son coma, elle peut encore tenir quarante ans. Elle ne se réveillera pas.

Lui, est mort sur le coup.

LE BARRAGE

> Le dévoilement qui régit la technique moderne est une pro-vocation (*Herausfordern*) par laquelle la nature est mise en demeure de livrer une énergie qui puisse comme telle être extraite (*herausgefördert*) et accumulée.
>
> MARTIN HEIDEGGER
> *La question de la technique*

Dans ma famille, le voyage de noces était une tradition à laquelle il aurait été inconcevable de déroger. Nous considérions que la réussite de l'entreprise présageait la plus ou moins bonne fortune du mariage.

Mon arrière-grand-père avait passé deux jours à Cambrai avec mon arrière-grand-mère chez une cousine mercière. Il avait acheté à sa femme un service de nappes en dentelle, était monté au beffroi, avait éprouvé un vertige affreux et était revenu s'enfouir dans un village de betteravier picard qu'il n'avait quitté que pour mourir dans la Somme, coupé en deux par un shrapnel.

Mon grand-père, en pleine Seconde Guerre mondiale, était parti à bicyclette avec ma grand-mère pour relier Gênes à Marseille. Ils racontaient avoir désespéré un soir de trouver trace humaine entre Nice et Juan-les-Pins, ce que nous avions le plus grand mal à croire quand, soixante ans plus tard, nous roulions sur la côte massacrée par le surpeuplement et l'exhibition des corps.

Mon père avait fait visiter le Cambodge à ma mère. Quand elle avait perdu sa dent de porcelaine dans sa soupe aux fleurs de lotus, elle n'avait plus voulu ouvrir la bouche avant de regagner Siem Reap et de trouver un dentiste. Leur union avait été ainsi inaugurée par un long silence qu'ils s'étaient ensuite chargés de combler.

Ma sœur était partie avec mon beau-frère dans la Galice espagnole « plonger dans l'univers des fées et des légendes celto-ibériques », comme elle l'avait claironné. Ils étaient revenus deux jours plus tard, affreusement abattus, pestant contre l'enlaidissement de la côte par les pavillons et les baraques à frites. Mon beau-frère avait dit : « On est allés chercher le roi Arthur et l'enchanteur Merlin, on s'est retrouvés chez Leroy Merlin », et ce mot nous avait alertés sur une propension au calembour dont nous eûmes ensuite à souffrir sans discontinuité.

Marianne et moi nous étions rencontrés aux Langues orientales dans le début d'une année dont la perspective me décourageait. Elle achevait sa thèse de langue japonaise et j'avais déjà remarqué, dans la foule des couloirs, ces yeux noirs, bridés, très écartés encochant un visage pâle auquel des boucles rousses conféraient un air cadavérique. Je donnais mon cour de civilisation russe dans la pénombre d'un matin de janvier devant un parterre d'étudiants dont le seul point commun avec moi était de se demander ce qu'ils faisaient là. Elle avait fait irruption dans ma salle de conférences, croyant rejoindre sa propre étude. Elle avait reculé, bredouillant des excuses, je l'avais invitée à s'asseoir ; je ne sais pourquoi elle avait accepté – ou obéi. Les élèves avaient tourné la tête, elle avait rougi, j'avais donné ma leçon pour elle. Il s'agissait d'une analyse des contacts entre les Cosaques de la conquête de l'Extrême-Orient russe et les chamans de la taïga. « Prodigieusement emmerdant », me confia Marianne trois semaines plus tard. On s'était mariés en avril et, quand les gens nous demandaient comment nous nous étions rencontrés, je répondais que Marianne s'était trompée de porte.

Six mois de dévoration continue ne nous avaient pas lassés. Fidèle à la tradition familiale, j'avais accueilli juillet en posant la question du voyage de noces. Nous décidâmes du Yunnan chinois. Le choix avait procédé d'un débat ardent. Nous étions au lit, un dimanche de grande médiocrité météorologique :

— La Russie ! avais-je dit.

— Tu as vu comment s'habille Poutine ? Les

Russes sont dingues et c'est trop grand, on va se perdre.

— Mais je connais bien la région, moi…

— Justement, il nous faut du nouveau. À tous les deux, avait-elle dit.

— Le Groenland, avais-je dit.

— Trouve-toi une Savoyarde qui porte des fourrures polaires.

— Le Japon ? avais-je hasardé.

— J'aurais l'impression de réviser mes cours… Et le Pakistan ? avait-elle dit.

Depuis un séjour au Maroc j'avais contracté une aversion pour les terres d'islam, où les femmes rampent, écrasées de la culpabilité d'exister, assommées par des soleils d'enclume et le regard des hommes fiévreux de frustration.

— Jamais ! Les mecs te materont comme une pute parce que tu ne t'enfouiras pas sous un sac en toile de jute.

— La Chine, alors.

— Oui ! Mais où ?

— Le Yunnan !

Le mot signifiait « le Sud nuageux » et avait suffi à conquérir Marianne. Elle avait une théorie sur les régions subtropicales :

— On vit dans un brumisateur naturel. C'est bon pour le teint.

En outre, nous trouvions sain de mettre dix fuseaux horaires entre le désir de nous chérir et une famille adorablement envahissante.

Quinze jours avant le départ, Marianne apprit par cœur le *Tao-tö-king* et quand je m'endormais sur elle, en nage, après l'amour, il n'était pas rare qu'elle s'ébrouât pour me susurrer : « Il vaut mieux ne pas remplir un vase que de vouloir le maintenir plein. » Quand elle citait de mémoire ces chinoiseries, elle prenait toujours l'air entendu des sages, contraints de masquer l'hermétisme des tirades sous des expressions d'initiés.

Nous consacrâmes la veille du départ à acheter d'amples vêtements blancs au Comptoir des cotonniers, car Marianne avait lu dans les *Relations des voyages d'un père capucin sur les routes de l'Empire céleste* que c'était la tenue la plus appropriée pour se mouvoir dans les touffeurs de la prémousson. Je lui achetai le *Voyage d'une Parisienne à Lhassa* d'Alexandra David-Néel, mais elle me fit remarquer le soir même, après la lecture des premières pages, combien l'exploratrice puait l'acariâtre et usait d'un ton de donneuse de leçons et, remisant le livre dans la bibliothèque du salon, Marianne serra dans le petit sac à dos qui constituait notre bagage les poèmes de Paul-Jean Toulet, plus conformes à sa vision parfaitement désinvolte de l'existence.

Elle oublia le livre dans l'infâme auberge de Kunming où nous fûmes dévorés de vermine, mais elle s'en consola quand l'autobus où nous avions trouvé place aborda les derniers lacets qui mènent à Fongdian, village des marches tibétaines que les glaçures des névés couronnaient à plus de six mille mètres d'altitude. Le soir, des déchirures dans les cumulus bourgeonnant au-dessus des cimes laissaient entrevoir des pyramides couleur lavande : un soleil pastel léchait les glaces avant de rendre le jour à la nuit.

La suite fut l'enchantement dont nous avions rêvé. Il est rare, en voyage, de vivre des jours conformes aux idées que l'on s'était forgées avant les grands départs. D'habitude, voyager c'est faire voir du pays à sa déception.

Nous nous déplacions peu. Quand le parfum et l'aspect d'un village nous plaisaient, nous nous y installions deux ou trois jours. Les auberges étaient nombreuses et servaient une nourriture que le fleuve pourvoyait. La rumeur du Mékong nous devenait familière, notre ouïe incorporait, jusqu'à l'oublier, l'énorme roulement des eaux. D'où vient que les rugissements d'un fleuve n'empêchent pas de dormir, là où les ronflements d'un être humain paraissent insupportables ? Nous buvions des litres de thé jaune sur des terrasses en bois avancées au-dessus des écumes du Mékong. Les eaux charriaient les scories de l'Himalaya, barattaient la boue et les alluvions teintaient le fleuve en ocre. « De la terre liquide », disait Marianne, hypnotisée par le courant. Je lui promettais des voyages futurs au bout de la course du Mékong, à trois mille kilomètres plus au sud, dans le delta vietnamien, où il faudrait se souvenir que nous avions vu le fleuve à sa naissance. « Des fleuves, disait-elle, comme des hommes : ils commencent leur vie en vagissant et la terminent calmement, acceptant la mer, c'est-à-dire la mort. »

— C'est dans le *Tao* ?

— Non, c'est de moi.

Le vert fluorescent des arpents de riz se mouchetait du fuchsia des turbans paysans. Les cultivateurs jouaient les équilibristes sur les rebords des parcelles. Certains labouraient les minuscules terrasses avec des buffles attelés dont nous nous demandions comment ils avaient fait pour les amener jusque-là, sur ces facettes, suspendues en plein versant. Des papillons géants se posaient sur la tête de Marianne, s'éventant lentement. Je trouvais bien laid le contraste entre la rousseur des cheveux et le turquoise des ailes et me disais que les races servent à cela : préserver l'harmonie des couleurs. Sur les reflets de jais des chevelures chinoises, les camaïeux des lépidoptères eussent été du plus bel effet.

Nous passions mollement d'un village à l'autre, sur des petites pistes où des autobus s'enveloppaient dans des voiles de poussière rouge. La mousson préparait ses assauts. Pour l'instant les cumulus jouaient à s'épanouir dans l'atmosphère comme les nuages de lait dans une tasse d'Earl Grey. D'immenses cathédrales ouatées s'amoncelaient vers le sud, déployaient leurs boursouflures dans la fournaise du ciel mais ne s'épanchaient pas : il faudrait encore deux ou trois semaines pour que les outres crèvent. Des garçons, à la proue de longues barques de bois, pêchaient en lançant des filets avec des grâces de danseurs. Le soir, les tôliers des auberges nous préparaient le poisson et nous mangions en silence, dans l'odeur de la citronnelle dont Marianne s'aspergeait la peau pour lutter contre la férocité des moustiques. Ils préféraient sa peau à la mienne et je pensais qu'ils avaient bon goût. Nous buvions des vins produits dans le Sichuan en écoutant les insectes striduler dans la nuit tropicale, avant de faire l'amour sur les plages de sable rose en hurlant notre saoul, couverts par les mugissements du fleuve.

Un soir, sous le toit de bardeaux d'une auberge tenue par un immigré tibétain dont l'unique soin semblait de nous convaincre de la supériorité du thé au beurre rance sur le Darjeeling anglais, nous rencontrâmes Sonam. Il avait trente ans et venait de Pékin. Son visage nous avait frappés dans la petite salle du restaurant où les lampes à l'huile projetaient des reflets hésitants sur les estampes : des pommettes taillées à la gouge, une peau burinée et des yeux noirs, carnassiers, contrastaient avec les douces faces d'albâtre des Han. Il enseignait le français à l'université de Kunming et avait accompagné pendant une semaine un groupe de touristes de Limoges. Il s'était approché de nous à la fin du dîner, demandant à voix basse si nous avions quelques livres en français à lui vendre.

Nous avions égaré Paul-Jean Toulet au début du séjour, je lui offris mon roman de Mircea Eliade, Marianne, qui tenait à ses livres, ne parla pas de son exemplaire du *Tao-tö-king*… Nous l'invitâmes à boire le thé. Sonam s'assit et, s'exprimant timidement dans un français très assuré, il nous raconta sa vie. Ses parents étaient des paysans du Gansu, prolétarisés dans les faubourgs de Pékin. Il parla de ses années d'université, de la fierté de sa mère quand il obtint son diplôme, de sa vie dans les rails de l'administration, de la grisaille d'une jeunesse provinciale dans les marches de la Chine et de l'espoir d'un voyage, un jour, en Europe.

— Vous restez encore longtemps dans le Yunnan ? demanda-t-il.

— Jusqu'à lundi, dit Marianne.

— Voyage très court, dit Sonam.

— Oui, mais loin, cela compense.

— Vous êtes allés au barrage des Trois-Gorges ?

Il nous décrivit la région, grande comme les deux tiers de la France, que les autorités chinoises avaient décidé d'inonder il y a vingt ans, pour construire le plus grand barrage du monde. Des milliers d'ouvriers avaient convergé des quatre points cardinaux du pays. Certains d'entre eux purgeaient là des peines de travaux forcés ou de relégation. Des baraquements en ciment avaient poussé sur les versants de la jungle, des villages de toile de tente avaient recouvert les champs cultivés pour contenir les flots de l'armée des terrassiers. Des enfants étaient nés et se voyaient enrôlés aussitôt en âge de brouetter. Le chantier digérait les hommes en Moloch insatiable. À la pelle, à la pioche, charriant la terre dans des paniers d'osier, l'immense marée humaine, à peine mieux équipée que les troupes des bâtisseurs de pyramides, à petits gestes d'insectes, avait commencé l'entreprise titanesque. On avait crevé la terre, arasé les reliefs, tranché le bois des forêts, canalisé les cours d'eau et levé une muraille de retenue de cent quarante mètres de haut à la seule force des muscles. Les maîtres du grand œuvre savaient pouvoir compter sur l'inépuisable réservoir humain pour suppléer le manque de machines. Sur le chantier, des adolescents, des vieillards épuisés, des femmes enceintes obéissaient aux hurlements des contremaîtres claquant comme des ordres de matons. Les lignes de train déversaient le ressac humain au fur et à mesure que les besoins de bras s'accroissaient. Dans l'effort collectif, on avait retrouvé l'enthousiasme des travaux de l'époque de Mao, c'était du moins ce que les médias d'État serinaient dans leurs bulletins. C'était l'un de ces chantiers prométhéens tels que l'Europe de l'Ouest, anesthésiée par ses régulations, tétanisée par ses doutes, intoxiquée de haine de soi aurait été incapable de mener. Aux Trois-Gorges, il s'agissait de rien moins que de retenir les eaux détournées du Yang-tseu-kiang. Lui, le fleuve Bleu, le dragon serpentin, aorte sacrée de l'Empire céleste, allait se voir étranglé, jugulé, asservi par la volonté des ingénieurs, des hommes politiques et du peuple assoiffé d'énergie. Les Chinois s'enrichissaient, l'économie s'emballait, le pays prospérait et la demande en courant électrique explosait. La nation sous tension réclamait des kilowatts. La lumière s'était allumée au plafonnier de la nouvelle Chine. À Pékin, on voulait son Assouan. Les autorités savaient que le peuple ne s'agiterait pas tant qu'il aurait de quoi s'éclairer, cuisiner le riz et se chauffer. Les dieux n'avaient pas prévu que le ruban nourricier de la plaine servirait un jour à faire tourner les turbines d'un barrage pour apaiser la voracité d'une nation obèse.

L'eau des lacs de retenue couvrait d'un linceul la patience et le génie ancestraux des cultivateurs de rizière. Il ne restait plus rien de l'habit d'arlequin de ces campagnes rizicoles, de ces plaines pareilles à des vitraux. Elles avaient donné à la Chine sa civilisation en forçant les hommes à inventer des systèmes de culture d'une complexité extrême. Des milliers de kilomètres carrés de marqueterie immémoriale avaient été engloutis. Des temples séculaires, des grottes ornées de fresques bouddhistes, des arpents de forêts primaires : tout avait été noyé sous quarante milliards de mètres cubes d'eau. Et aujourd'hui, un peu de l'âme morte du fleuve cardinal de la Chine luisait d'une pâleur faiblarde dans le filament des ampoules que des millions d'humains allumaient à la même heure, le soir, dans leur petit appartement, quand le soleil du Yunnan se flanquait tristement derrière les crêtes de l'ouest pour se masquer le désastre. Les autorités, dans leur infini respect de la personne humaine, n'avaient pas tenu à noyer les hommes. Près de deux millions de cultivateurs avaient été déplacés, relogés dans des HLM de béton où ils pouvaient ajouter aux cataractes du barrage la fontaine de leurs sanglots. Comme le fleuve, ils n'étaient plus que des morts vivants canalisés entre des murs.

— Je veux aller voir ça, dit Marianne.

— Tu t'intéresses aux barrages ? dis-je.

— Je m'intéresse à toute force en puissance, dit-elle.

— Je peux vous accompagner, je ne reprends les cours que lundi, dit Sonam.

Nous voyageâmes en autobus toute la journée du lendemain, à travers un pays montueux. Les collines étaient chevelues, la végétation oppressante et l'asphalte dans un état de décomposition avancée. Marianne dormit, je comptais les bornes kilométriques, Sonam flottait dans un songe. La ville de Sandouping, base avancée du chantier, avait fait les frais de l'explosion démographique, il y régnait une atmosphère de claque. Des chiens se disputaient des pneus à coups de crocs, des clochards se pintaient à la Tsingtao sous des porches de bâtiments en ciment. Partout clignotaient les néons des clubs de billard. La ville puait la violence, même la poussière était chargée de nervosité. On voyait des putes derrière les vitres des bouges. Les plus charmantes bourgades se métamorphosent en cités de desperados aussitôt qu'une goutte de pétrole jaillit du sol ou qu'une pépite affleure. On chercha un taxi à la gare routière, au milieu d'une mêlée de bagnoles hurlantes. Sonam s'engagea dans une âpre négociation avec un chauffeur auquel l'opium n'avait laissé aucune dent et n'accordait que quelques heures de répit par jour. On monta dans la Subaru. Marianne poussa les cadavres de bouteilles sous le siège du conducteur. Il fallut subir une heure de lacets dans une odeur de vomi séché.

— J'ai une surprise pour vous là-haut, dit Sonam.

Marianne et moi, abrutis de fatigue, avions cessé d'espérer arriver où que ce soit.

Enfin, le chauffeur rangea la voiture.

Au sommet du versant, nous dominions la mer. Elle était apparue, soudain, dans une trouée d'arbres. Une immense nappe liquide posée sur le monde, un ciel d'argent à la renverse. Sonam murmura :

— C'est l'une des vallées inondées. Ce lac, c'est l'avenir du sud de la Chine. La garantie de notre progrès. C'est ce qu'ils disent à la télé…

Le chauffeur, accroupi devant le pare-chocs de la voiture, fumait une cigarette. Il se foutait de « l'avenir du sud de la Chine ». Nous ne pouvions nous arracher à la contemplation de cet envahissement de la terre par le mercure. On devinait les anciens vallons, les combes, les échancrures et les festons du relief que les eaux avaient recouverts. L'eau s'était infiltrée dans la moindre faiblesse de la géographie. Sous le miroir avait vécu un monde, des bêtes, des plantes, des hommes. Des dieux peut-être ? Tout était mort. Vers l'ouest, fermant l'étendue, une immense barre de béton légèrement incurvée, hérissée de grues, recevait les rayons d'un soleil en déroute :

— Le mur du barrage, dit Sonam. Ils ont inondé un million de kilomètres carrés de terrain. Il faut rentrer maintenant.

Nous reprîmes nos places à bord du taxi, le chauffeur fit demi-tour. Nous traversâmes un hameau de quatre ou cinq maisons de bois que je n'avais pas remarqué à l'aller. Sonam fit arrêter la voiture.

— Descendez.

De là également, la vue embrassait la flaque aluminium, à six cents mètres sous nos pieds.

— Ce village s'appelle Zu, dit Sonam.

— Ça me dit quelque chose, dit Marianne.

— C'est le village natal de Lao-tseu, selon la tradition. Vous savez, le vieux maître, le Tao-tö-king…

— Mais évidemment que je sais ! dit Marianne. C'est inouï, je suis en train de lire le Tao-tö-king.

— Je sais, dit Sonam, je l'ai vu dépasser de votre sac au restaurant, hier. C'est même la raison pour laquelle je vous ai abordés.

— Quelle est la phrase que tu aimes tant, Marianne ? dis-je.

— « Il vaut mieux ne pas remplir un vase que de vouloir le maintenir plein. »

— Oui, dit Sonam, c'est un beau fragment du maître. Il est bon de le prononcer ici, devant le barrage.

Sonam regarda longtemps le lac. Le soleil était tombé et la pièce d'eau avait pris une teinte anthracite. Un profond silence s'épancha autour de nous, semblant sourdre de la nuit. La forêt ne bruissait d'aucun son. Des lumières avaient été allumées dans les fermes autour de nous. Ces paysans, rescapés de l'engloutissement, se préparaient à dîner. Soudain nous sursautâmes. Sonam avait repris la parole :

— Dans ce village, un jour, Lao-tseu arrosait son potager avec ses disciples. Il était muni d'un petit arrosoir et passait de plante en plante, avec lenteur et minutie. Un des garçons dit au vieux lettré : « Maître, pourquoi ne creusons-nous pas un petit canal pour irriguer tous les plants d'un seul jet ? » Lao-tseu releva le bec de son arrosoir, regarda son élève et lui dit en souriant : « Mon ami, jamais ! Qui sait où cela pourrait nous mener ? »

LA GOUTTIÈRE

> La gouttière du dix-huit rue Saint-Séverin
> Rail de nuit vertigineux du héros autiste
>
> JACQUES PERRY-SALKOW
> *(anagramme inédite)*

Elle avait placé sa main gauche sous la cigarette pour que la cendre ne tombe pas dans le lit.

— Va en chercher un, s'il te plaît, chéri.

— Où ? dis-je.

— Dans la cuisine.

— J'y vais, dis-je.

— Tu reviendras, jure-le ?

J'apportai le cendrier et me recouchai dans les draps moites, luisants. La peau de Marianne exhalait l'odeur de l'humus des forêts balkaniques après la pluie. La fumée de nos cigarettes montait en deux colonnes qui se mêlaient.

— L'amour, c'est se rencontrer, se dissoudre, disparaître.

— Tu arrêtes, chéri, avec tes aphorismes de paquet de lessive ?

— Jamais.

Le soleil du mois de juin avait frappé toute la journée sur le zinc. La chaleur accumulée pulsait dans les appartements, pareille à ces douleurs de prémolaires irradiées en ondes lentes. Il était 10 heures du soir, une atmosphère mauve enveloppait la ville, la nuit était venue sans aucune fraîcheur. Les gens haletaient depuis l'aube. Ils se tenaient à présent aux terrasses des cafés, sur les balcons, les quais, hagards, abrutis de canicule.

— Il y a des vieux qui ont dû mourir aujourd'hui, dit-elle.

— Moins de voix à droite aux municipales, dis-je.

J'écrasai mon clope, retournai Marianne sur le flanc, me collai à son dos, la pris dans mes bras, le nez dans ses cheveux. Elle avait des seins qui faisaient baver les nourrissons et les vieux messieurs. On aurait dit la Vénus de Willendorf, mais avec un ventre d'apnéiste, une peau de propagande pour l'industrie laitière et une tête de madone préraphaélite. Ses yeux bleu marine faisaient des avens dans sa face karstique. Quand je lui disais ce genre de choses, elle répondait que j'aurais dû lever une géologue. On s'aimait en morse. Nous étions deux pointillés dans la nuit : nous ne réussissions à voler que de rares soirées à nos vies impossibles. Alors on se saoulait consciencieusement, on vivait à poil, on mangeait du raisin noir, grain à grain, et on s'offrait des livres qu'on se volait ensuite pour découvrir ce que l'autre y avait noté. Seule ombre au tableau : je la partageais.

Elle s'était mariée trois ans auparavant avec un médecin originaire de Dunkerque et je considérais cette union comme une insulte à « la vie dangereuse », chantée par Blaise Cendrars dont je vénérais l'énergie désordonnée et rabâchais les oreilles de la petite. Le mari, « le docteur », comme je l'appelais, était un bon garçon, du genre appliqué : huit ans d'études pour apprendre combien l'homme est vulnérable. Il rassurait le mourant, attendrissait l'arthritique et échauffait l'adolescente qui prenait les palpations pour une invite. Il était généraliste. Le terme s'appliquait aussi à ses idées. Yeux bleus, mèches blondes, chemise à rayures : il soulageait les gens sans se guérir lui-même d'une maladie grave : le conformisme.

— Quand je pense qu'il fait le même métier que Céline !

— Tu es jaloux, disait-elle.

— De Céline ?

— Non, de Cédric.

— La mort à crédit, chérie, c'est le mariage

On s'était rencontrés l'hiver d'avant à la salle d'escalade d'Issy-les-Moulineaux, où j'enseignais à des cadres supérieurs l'art de se prendre pour un singe. Marianne était venue pour une leçon d'initiation. Elle travaillait aux ressources humaines d'une banque, à la Défense, et comme des milliers de cols blancs parisiens pensait que l'escalade sur des murs artificiels, le soir, rachèterait les journées passées sur des fauteuils ergonomiques à envoyer des e-mails à des supérieurs en surpoids derrière les vitres d'une tour.

Je lui avais expliqué le fonctionnement du matériel et lui avais fait empoigner quelques prises sur le mur des débutants. Marianne avait des dispositions, j'avais aimé l'aider à enfiler son baudrier. Elle était revenue seule trois semaines de suite, s'était inscrite à mon cours, et un soir de décembre où j'étais chargé de la fermeture du club nous avions fait l'amour dans le sauna, après une longue séance dans les surplombs en cinquième degré où je l'avais tenue sec au bout de la corde.

Ce trimestre-là, le sort nous avait souri. Le docteur suivait une formation pour décrocher un diplôme de médecine tropicale. Toutes les deux semaines, il s'absentait trois jours pour des séminaires dans un Novotel périphérique où l'on ne pouvait pas ouvrir les fenêtres et où ses professeurs l'initiaient aux mystères de la bilharziose et des cycles de reproduction de la mouche filaire. Il partait le jeudi, j'arrivais sur ses pas, il rentrait le dimanche, juste après mon départ. Rien de sordide dans cette valse, j'étais organisé comme un amant suisse et Marianne avait le cœur compartimenté, les cloisons de la conscience parfaitement étanches. L'essentiel dans une double vie, c'est qu'on ne soit jamais trois à la vivre.

— Réponds, chérie, ou coupe cette saloperie.

— Non, il est trop loin, dit-elle.

— Ça fait deux fois que ça sonne, dis-je.

Je n'ai pas de téléphone portable car je trouve d'une insondable goujaterie d'appeler quelqu'un sans lui en demander préalablement l'autorisation par voie de courrier. Je refuse de répondre au « drelin » du premier venu. Les gens sont si empressés de briser nos silences... J'aime Degas, lançant : « C'est donc cela le téléphone ? On vous sonne et vous accourez comme un domestique. » Les sonneries sectionnent le flux du temps, massacrent la pâte de la durée, hachent les journées, comme le couteau du cuisinier japonais le concombre.

La troisième fois, Marianne se leva, décrocha et revint dans la chambre :

— Ils ont annulé les cours, Cédric est en bas, il veut savoir s'il doit prendre du pain, il monte, on est foutus.

— Mais non, dis-je.

L'escalade est un sport de combat. Grimper les parois affûte le corps, développe une musculature spécifique, accroît la capacité de concentration, enseigne une gestuelle, dote d'un sens de l'équilibre et d'une résistance physiologique qui appartiennent en propre à cette discipline. Mais le plus important c'est l'instinct que l'activité aiguise au suprême. Le grimpeur, mis de son plein chef dans des situations impossibles, doit opposer au danger son inspiration, son imagination, ses réflexes. Grimper c'est se mouvoir « dignement dans l'incertain », comme l'écrivait Chardonne, survivre sur des pentes qui s'éboulent, guerroyer contre l'inconnu. Et opposer sans cesse des décisions vitales au jaillissement d'embûches, avec, en cas de mauvais choix, la mort. L'imprévu ne m'avait jamais tétanisé. Mais en cet instant précis, devant Marianne décomposée, disposant de trente secondes de répit avant le drame, la situation commandait un sérieux sens de l'adaptation en même temps qu'un coup de collier.

Je ne sais comment je me trouvai sur le rebord de la fenêtre, tout habillé, en moins de trente secondes. Marianne retapait le lit, j'entendis claquer la porte d'entrée, des exclamations enjouées.

« Quelle salope tout de même », pensai-je.

Paris est un terrain d'escalade insoupçonné. Pour peu qu'on considère la ville avec un œil d'alpiniste, la géographie urbaine devient topographie. Les rues se métamorphosent en défilés flanqués de parois et les tours de verre en faces plus lisses que les falaises de Carrare. Dans ma vision, églises et cathédrales étaient des sommets ajourés. La ville se hérissait d'éminences. Pinacles, clochetons, piliers, toits, flèches et contreforts : même le vocabulaire des guides de montagne empruntait à la sémantique gothique. Avec quelques amis, nous écumions les monuments, clandestinement, la nuit venue. Notre-Dame, le Sacré-Cœur, Saint-Germain-l'Auxerrois n'avaient pas de secret pour nous. Nous supportions Paris parce que ses jardins de pierre nous offraient des nuits de voyage. Grimper, c'était s'évader du parc humain. Nous caressions les gargouilles, nous donnions des petits noms aux tarasques. Nous passions les parapets, vivions sur les rebords. Nous aimions les cathédrales, ces monstres encalminés dans une époque qui avait renoncé au mystère. Nous étions des chats, la ville nous donnait ses gouttières. Nous nous tenions au sommet des hunes, veilleurs des vaisseaux de pierre. Et le vent imprimait parfois sur les flèches de bois une légère oscillation qui berçait nos corps hébétés de sommeil. Nos nuits sentaient la pierre taillée. Nous savions les chemins qui menaient aux vigies d'où s'ouvrait la vue sur un tapis de lumière que des ignorants s'opiniâtraient à appeler la ville.

L'appartement de Marianne occupait les combles du septième étage d'un immeuble du Quartier latin, face à l'église Saint-Séverin. Une gouttière en fonte courait le long de la façade. Les rivets semblaient solides. Je coinçai les mains derrière le tube et, veillant à ne pas faire levier, plaçai un pied en adhérence et l'autre dans l'interstice ouvert entre la gouttière et le mur. Le plâtre se craquelait et j'en écaillai de la semelle de larges dartres qui tombèrent dans le vide. Mon pied ripa contre le revêtement pourri, je crispai les mains, la gouttière bougea et les rivets, à hauteur de mon visage, se délogèrent du mur. Je ramenai mon corps le plus près possible du tube pour faire travailler la structure verticalement et la soulageai de mon poids en arquant mes orteils sur la moulure de l'encadrement des fenêtres du sixième. À Paris, dans les rues étroites, les lampadaires sont rivetés aux immeubles au premier ou au deuxième étage et éblouissent les passants. Impossible de distinguer les toits depuis le sol. Personne ne pouvait déceler ma présence – j'étais seul, pendu à mon tuyau, à vingt mètres du sol, condamné à descendre sans le moindre faux pas. J'avais grande habitude de ces explorations de façades. Souvent, j'arrivais par les fenêtres dans les dîners. J'aimais toquer au carreau, surprendre les invités, effrayer les maîtresses de maison. Quelques visages blêmissaient et, après un moment de flottement, on finissait par m'ouvrir. J'avais failli tuer de peur un vieux libraire américain du Quartier latin en surgissant devant sa fenêtre du troisième étage, le jour de son anniversaire. Une nuit d'été, j'avais oublié l'étage où m'attendait une Anglaise dans un immeuble des Batignolles et j'avais grimpé en humant les effluves échappés des fenêtres jusqu'au moment où, au quatrième étage, j'avais reconnu son parfum. Une autre fois, au petit matin, dans une cour d'immeuble, un homme m'avait forcé à redescendre cinq étages en me mettant en joue avec ce qui aurait aussi bien pu être un fusil qu'un parapluie. Dans le doute, j'avais obtempéré. Une nuit, la gouttière s'était décrochée, j'avais lentement basculé en arrière, dans le vide, et réussi à me rattraper de la main droite au garde-fou d'une fenêtre tout en retenant de la gauche la colonne arrachée. Un autre jour, j'avais escaladé pieds nus une façade, m'étais entaillé l'orteil et avais laissé sur le mur une traînée de sang qui avait dû alimenter les conjectures des propriétaires, le lendemain. Et un matin, je m'étais réveillé au balcon du cinquième étage d'un immeuble de la rue de Bellechasse, sans aucun souvenir du nombre exact de vodkas avalées en bas, la veille.

Je restai un moment immobile, au quatrième étage, tâchant de saisir ce qui se passait chez Marianne. Pas un éclat de voix, tout était calme dans le ciel de Paris, je continuai à descendre.

La moulure du deuxième étage que j'avais pincée à main droite pour contourner le bras du lampadaire logé dans le mur se brisa net. Je tombai sans un cri, le corps raidi, avec l'impression de me pétrifier dans l'air tandis que l'immeuble défilait devant moi. Les gens qui chutent dans le vide parlent de suspension du temps. Sans doute parce que la conscience sait le choc inéluctable et s'attache à habiter le plus intensément possible les secondes qui le précèdent. Je crus que ma colonne vertébrale explosait et, surtout, que le craquement allait réveiller le quartier. Je sus que c'était une fracture avant de perdre connaissance. J'étais tombé de tout mon poids sur les talons et avais violemment donné du dos et de la tête contre le sol.

— Vous allez bien ?

— Non.

Deux vieilles dames étaient penchées sur moi.

— Vous pouvez vous lever ?

— Non.

Le Viet du rez-de-chaussée était sorti de son échoppe.

— Il faut appeler quelqu'un, dit l'une des vieilles dames.

Elle avait de longs cheveux raides et son visage bleuté aurait pu constituer une douce vision à emporter dans la mort.

— Les pompiers ! dit-elle au Viet.

— Ils viendront trop de temps, dit-il, il y a médecin septième étage, j'appelle lui.

— Surtout pas, murmurai-je.

— Après, je téléphone pompiers.

Et il disparut dans l'épicerie. La vieille dame s'était agenouillée avec difficulté et me caressait le front d'une main sèche et tiède. Elle avait dû perdre des enfants. Je saignais de l'oreille.

— Dites-lui de ne pas déranger le médecin, dis-je.

— Vous êtes gentil, dit-elle, calmez-vous.

Une minute plus tard, il était là. Sa tête de communiant disposé au bonheur. Ses yeux noyés d'humanisme. Ses gestes dont le professionnalisme ne vivifiait même pas la mollesse. Et ses joues trop garnies qui lui donnaient l'air d'un hamster élevé chez des clergymen.

— Que vous est-il arrivé ?

— Il est tombé devant nos yeux, dit la vieille. Du lampadaire ! Sur le dos ! Cela a fait un bruit horrible, un claquement humide.

En tournant la tête, j'aperçus Marianne dans

l'encoignure de la porte d'entrée de l'immeuble, elle était descendue sur les talons de son mari, elle me regardait sans oser s'avancer sur le trottoir. L'expression de pitié de son visage lui allait mal. Elle était plus jolie quand elle était cruelle.

— Vous pouvez bouger les orteils, les doigts ? dit le médecin.

J'aurais voulu lui écraser mon poing dans la gueule mais mes mains me faisaient souffrir atrocement. La douleur de mon dos m'inquiétait et j'avais l'impression que mes talons brûlaient.

— Les doigts oui, les orteils un peu, mais j'ai l'impression d'avoir perdu les talons, dis-je.

— Vous faisiez quoi là-haut ? dit-il.

— Je suis ornithologue, il y a un nid de sansonnet.

Il ne répondit rien car je hurlai quand il tenta de m'enlever la chaussure. J'avais la tête tournée vers l'immeuble, je vis Marianne s'enfouir le visage dans les mains. Je ne sais pas si elle pleurait sur mon sort ou se masquait l'obscène incongruité de la scène.

— Si vous avez si mal, c'est que vous vous êtes fracturé le calcanéum.

— Je ne sens plus mon pied, dis-je.

— C'est cela. Une fracture par compression et tassement. Ce sera très long.

L'air satisfait, habitué à éblouir les grand-mères et à agrémenter chaque diagnostic d'une considération de salon, sans se rendre compte du ridicule qu'il y a à disserter au-dessus d'un blessé dans un caniveau, il dit :

— En médecine, on appelle cela la « fracture des amoureux ». Parce que les amants sautent du balcon pour échapper au mari.

— Les médecins, tout de même, quelle imagination ! dit la dame.

Les pompiers arrivaient et la rue devint bleue, le Viet fermait sa devanture, la vieille se releva en craquant, Marianne avait disparu dans le hall d'entrée, le docteur prit soin que les pompiers m'installent des attelles de contention et me sourit quand la porte du camion se referma.

L'EXIL

> Le tonnerre et la pluie ont fait un tel ravage
> Qu'il reste en mon jardin bien peu de fruits vermeils.
>
> BAUDELAIRE
> *Les Fleurs du mal*

Il n'avait pas plu depuis mars. La terre de septembre avait la couleur de la cendre et l'air sentait le métal. Les mouches ne se posaient jamais, on ne pouvait ouvrir la bouche.

Ils étaient venus lui dire adieu. Le taxi passerait dans quelques instants pour l'emmener à Buanda. Il y avait le chef du village, l'instituteur, le mollah, les parents, les nièces, les frères et les sœurs. Tous à côté d'Idriss.

Grosse Maman tenait dans ses bras une chose endormie : son dernier-né. Le ventre de la mère d'Idriss ne cessait pas d'enfanter – une matrice flasque affectée de hoquet. Elle avait perdu trois enfants en bas âge. En restait neuf. Elle avait creusé les tombes sans verser une larme en pensant que, ces derniers temps, la Terre se montrait bien avare de ne pas rendre en herbages ce que les humains lui pourvoyaient en chair.

Il y avait aussi des voisins. Ceux-là n'étaient pas venus par pure amitié : un jour, ils feraient payer leur présence.

Tous attendaient, recuits. Le soleil était une boule blanche. Le soleil ne promettait rien. Les peaux noires étaient de la toile goudronnée. La lumière estompait les regards. Les arcades sourcilières projetaient leur ombre jusqu'à la pointe des pommettes.

Des milans tournaient dans le ciel, au-dessus des tas de déchets. Une vache mâchait un pneu, contre un mur de pisé. Des chiens boitaient dans la décharge, au coin de la place, en face du renfoncement où le taxi collectif s'arrêtait. L'appel à la prière s'éleva : la voix du mollah Ali Ould Mouma, natif de l'Aïr, amplifiée par la sono chinoise, gicla dans la chaleur.

Idriss tenait un sac *adadis* à la main. Une pure contrefaçon. Les couturiers d'un atelier clandestin avaient reproduit le lotus de la marque et les trois bandes blanches mais s'étaient trompés dans l'orthographe. Dedans, le jeune homme avait jeté tout ce qu'il possédait. L'argent, serré dans deux pochettes en plastique, était plaqué contre son ventre, à même la peau, maintenu par une ceinture de tissu que Grosse Maman avait cousue la veille. Cinq mille dollars. Il avait fallu quatre ans pour réunir la somme. Un peu plus de mille dollars par an : voilà ce qu'avait donné la saignée collective. On avait fait appel à toute la famille : les oncles, les tantes et quelques lointains cousins. Et Gros Papa, qui avait toujours vécu libre sous son chèche blanc, savait bien qu'à présent il était tenu par les couilles.

« Je vais compter jusqu'à cinq cents, pensa Idriss. Si le taxi n'arrive pas, je ne réussirai pas. »

La Mercedes 500 modèle 1962 freina dans la poussière lorsque Idriss arrivait à deux cent quatre-vingt-douze.

Il y avait cinq personnes à bord. Idriss pressa Grosse Maman contre son cœur et sentit combien ses seins étaient devenus secs.

« Comme le ciel », pensa-t-il.

Son père lui serra la nuque de la main comme au temps de l'enfance pluvieuse. Les petits ne disaient rien, ils semblaient aussi effarés que s'ils étaient tombés nez à nez avec une vipère à cornes sur le chemin du puits. Ils se cramponnaient à eux-mêmes, les poings dans la bouche.

Personne ne lui cria « bonne chance », personne n'avait jamais assisté à un départ. On ne savait pas faire avec les adieux. Les mouchoirs qu'on agite sur le bord des chemins, c'est pour les gens qui possèdent du linge.

Les passagers se tassèrent. La porte claqua et, quand la Mercedes démarra, le souffle souleva un sac en plastique vert pâle, à moitié bouffé par les bêtes, qui resta en suspens un moment dans la touffeur avant de tomber doucement, comme un signe, au pied de ceux qui n'avaient même pas eu la force de lever la main.

Le taxi déposa Idriss devant l'ancienne fabrique d'aluminium, à quinze kilomètres de la ville. Il attendit huit heures. La chaleur ne baissait pas mais le soleil s'était fondu dans la vapeur qui effaçait les dunes. Le camion arriva. Idriss reconnut Youssef, l'Algérien qui lui avait proposé le coup et avec qui il s'était mis d'accord, un mois plus tôt.

— Tu as le pognon, mon frère ?

— Oui.

— Donne.

Idriss souleva sa chemise et tendit au type une liasse.

— La moitié, dit-il.

— Comme on a dit, dit Youssef.

— Comme on a dit, répéta Idriss.

L'Algérien comptait. Il effeuillait les billets à toute vitesse. Idriss regardait le pouce qui allait et venait comme un piston. « Il a l'habitude », pensa-t-il. Puis il regarda le camion dont le moteur tournait. C'était un Bréguet du temps des Français. Il devait avoir soixante ans. Dans la remorque non bâchée, ils étaient une cinquantaine d'hommes, certains plus âgés que lui. Tous tenaient un sac de sport d'une main et de l'autre s'agrippaient aux arceaux de métal. Ils fixaient Idriss.

« Des vaches », pensa-t-il.

Youssef claqua la langue, mit les deux mille dollars dans la poche de sa veste. Il avait le nez cassé, un bouc frisé, un fin collier de barbe, des dents extraordinairement blanches et il sentait le propre.

— On y va.

Idriss monta, joua des épaules et se logea dans la compagnie des spectres.

Les lumières de la ville furent des points orange.

Les barkhanes se découpaient dans le dernier rai. Le soleil mettait du temps à mourir. Mentalement, Idriss répéta le calcul : « Deux mille et deux mille font quatre mille. Une fois arrivé, il me restera mille. »

Quatre mille dollars, c'est le prix que les passeurs algériens exigeaient pour déposer les Nigériens à la frontière de Schengen.

Les cahots de la piste secouaient les étoiles. La Croix du Sud brillait. Idriss la regarda éperdument car il savait que là-haut, au nord, dans les royaumes des chrétiens, la constellation ne serait plus là.

Le camion roula vers le nord. On coupa le 17e parallèle. Agadez passa. Puis les crêtes d'Arlit et ce fut la fin de l'Aïr. En approchant de la frontière algérienne, Youssef engagea sa machine vers le nord-ouest, cap au 320°, hors piste. Il voulait passer en plein désert, hors des territoires soumis aux forces régulières.

Ils s'ensablaient. Les passagers descendaient pour dégager le camion. Idriss était allé à l'école. Il se souvenait de tout. Il se sentit comme les galériens de l'ancienne Rome qui œuvraient à la marche de leur propre prison. C'était des heures à creuser pour poser les plaques de désensablement et pousser le camion dans les ornières pulvérulentes. Quand le Bréguet reprenait de l'élan, il fallait courir pour grimper dans la remorque parce que Youssef ne pouvait s'arrêter. L'Algérien ne jetait même pas un coup d'œil dans son rétroviseur. Si quelqu'un restait en arrière, ce n'était pas son affaire.

Le soir du troisième jour, on ne marqua pas la halte du bivouac. Youssef et ses lieutenants – deux mozabites aux visages fébriles – roulaient tous feux éteints, au GPS. Il savait les parages du 20e parallèle infestés de factions fondamentalistes. Victime de deux précédents rackets, le passeur algérien ne tenait pas à alimenter une troisième fois les fonds salafistes.

Le jour se leva derrière les tassilis de l'est. Le camion était en Algérie. Les crénelures de roche émergeaient de la nuit. L'erg plaquait des glacis pâles au pied des chicots de lave. Le soleil passa par-dessus les crêtes, l'air devint brûlant et chacun rabattit son chèche. Dans un demi-songe, Idriss voyait danser les visages de sa mère et de son père, les images de l'école et du troupeau. Il ne ressentait pas de tristesse. À quoi bon cette vie où les souvenirs ne sont d'aucun secours et s'effacent si vite ?

Près de Tamanrasset, l'Algérien fit halte chez Mouloud, un éleveur touareg, membre du réseau depuis 2002. Il fournissait l'eau et le gasoil aux convois. On ravitailla.

Puis la fuite reprit, loin de l'artère transsaharienne dont le ruban asphalté reliait le sud du pays à la région côtière, via In Salah. Ce furent trois mille kilomètres d'enfer. Même les chameaux, transportés de part et d'autre du pays, voyageaient plus confortablement. Idriss pensa qu'en ce monde il est moins douloureux d'être une bête. On vous mène paître, vous dormez à l'ombre des acacias et un jour une lame vous égorge par surprise et le sable boit votre sang.

La grappe humaine dansait au gré des cahots. Dans la remorque, les places étaient chères. Des bagarres ponctuaient les heures : des éclats de voix, des insultes couvraient le bruit du moteur. Les coups de poing fusaient, une lèvre s'ouvrait, la torpeur retombait. Le cinquième matin, un passager manquait. Il y avait du sang sur le bord du hayon. À la lueur de la lune, Idriss avait vu comment ils s'étaient mis à deux pour lui planter le couteau et le passer par-dessus le plat-bord. Idriss avait refermé les yeux et s'était endormi. Le sommeil avait emporté la vision.

Prières et ronflements s'élevaient des corps emmêlés. Les hommes rêvaient en gémissant, se réveillaient brutalement lorsque leur tête cognait contre la tôle et replongeaient dans le néant. Dormir était un baume. On ne mangeait presque rien, on buvait une eau rose, tiède, qui écœurait la bouche et huilait le gosier.

— *La illah illallah.*

Le voisin d'Idriss marmottait des sourates, le corps à demi avachi sur ses genoux. C'était un vieillard qui avait fait le hadj dans des temps où il avait connu l'opulence. Idriss le secoua.

— Tu m'as glissé dessus.

— *La illah illallah*, répétait l'autre, hagard.

Et le camion charriant sa métastase, déroulant derrière lui une spirale de fumée et de sable, continua sa route dans le feu saharien. Les étoiles brillaient, se fichant pas mal de la peine des hommes. Ils n'avaient qu'à mieux se débrouiller pour ne pas faire de leur vie un enfer.

L'air avait changé. Une odeur de pourpier écrasé, légèrement acide, l'imprégnait. Les hommes des sables n'avaient jamais respiré l'iode. Ils peuplaient des plages sans mer, des rivages arides qu'ils essayaient de fuir depuis que la sécheresse s'y était abattue. À la tombée du dixième jour, Youssef rangea le camion sur le flanc d'une crique calcaire et déserte. On attendit longtemps.

La Méditerranée vibrait joyeusement. Chaque clapot recevait pendant une fraction de seconde l'éclat du soleil. La lumière clignotait sur le tapis bleu-noir et Idriss ne pouvait détacher son regard de ce spectacle.

Il ne connaissait du paysage qu'un tableau figé. Les dunes, les tassilis, les oueds étaient des formes mortes. Lorsque le vent ou l'orage faisaient leurs ravages, un rideau de poussière masquait le monde et les Sahariens trouvaient refuge dans leurs tentes. Si bien que nul homme n'assistait à la recomposition des lieux. On prenait connaissance du nouveau décor une fois la tempête calmée. La vie désertique se déroulait ainsi dans la succession de tableaux fossilisés.

La mer offrait à Idriss le spectacle d'une énergie mouvante, interprétant infatigablement les figures de sa danse. Idriss comprit qu'il fallait traverser cette masse vivante.

Au soir, le bateau arriva. C'était un chalutier d'acier de quarante mètres qui avait fait son temps sur la côte d'Alger et qu'on avait affecté aux transports clandestins. Habituellement, les passeurs encaissaient la seconde moitié de la paie au moment de l'embarquement, puis le bétail humain était entassé dans l'entrepont et ne voyait quasiment plus la couleur du ciel jusqu'à ce que les côtes européennes apparussent devant la proue. Cela faisait des siècles que les Arabes sur cette même côte chargeaient de la viande nègre dans les cales des bateaux. À présent, c'étaient les esclaves eux-mêmes qui payaient le voyage.

En prenant pied dans l'annexe qui transbordait les hommes, par groupe de six, du rivage au bateau, Idriss pensa qu'il ne reverrait plus l'Afrique. Son existence consisterait à pourvoir à la survie de trente personnes : parents, amis et voisins laissés derrière lui. Tous fondaient en Idriss des espoirs immenses. Il y ferait honneur en envoyant chaque mois le produit de ce qu'il moissonnerait. Il trimerait sans joie, pour les siens.

Eux l'imagineraient au paradis.

Le bateau appareilla à minuit. La mer était mauvaise, le vent soufflait de Sicile et la houle hachée grossissait d'heure en heure. Dans l'entrepont, éclairé d'une lumière blafarde, ils s'étaient regardés avec stupeur quand le bateau avait commencé à tanguer. Puis les premiers malades entraînèrent les autres dans la débâcle. Les seuls à résister au mal de mer étaient ceux qui avaient trop peur pour s'abandonner. Idriss sortit sur la seule coursive en libre accès et se pencha. Mais l'image de ce flanc de tôle que la mer expulsait et avalait à chaque vague lui procura une telle impression de fragilité qu'il préféra retourner dans l'antre puant où croupissaient ses compagnons. Il s'en remit au sort.

Au matin du troisième jour, une côte en vue.

Une rumeur courut : « l'Italie ! »

Idriss regardait avidement les collines inclinées vers le rivage. La mer était calmée, il n'y avait pas de vent. On distinguait, au sud, la tache blanche d'une petite ville côtière. De loin les immeubles ressemblaient à des morceaux de sucre. Idriss songea que sa vie, depuis cinq ans, était tout entière tendue vers ce moment où il toucherait les côtes de l'Eldorado. À terre, tout deviendrait possible.

Il pensa au village, à la tristesse de la famille lorsque la moitié du troupeau de chameaux avait succombé à la sécheresse, à ce jour de juillet où la plus belle femelle était morte d'une gonfle. Il pensa aux hurlements des petits, la nuit, quand ils n'avaient pas eu leur content. Il pensa au silence de mort dans la tente, plantée à l'extérieur du village, lorsque, à 6 heures du matin, le soleil à peine juché au-dessus des dunes chauffait déjà le ciel comme s'il était midi. Puis il ne pensa plus parce qu'on était arrivé et que Youssef hurlait des ordres en courant dans les escaliers comme un possédé.

Il fallait débarquer très vite. Se disperser sur la grève déserte avant que les gardes-côtes ne rappliquent. La Guardia costiera n'était pas très performante, moins que ses équivalentes espagnole ou française, mais les patrouilleurs croisaient tout de même régulièrement. L'annexe faisait des allers-retours, son moteur de 35 chevaux poussé à fond, entre le navire et le rivage. Au bout de trois voyages, les Algériens firent embarquer quinze Nigériens à la fois dans la barque conçue pour une demi-douzaine de passagers. L'embarcation était gorgée d'eau. À bord, personne ne savait nager. Youssef s'en foutait.

Sur la plage, une cinquantaine d'hommes, pieds nus dans le sable, regardait le chalutier s'éloigner. Ce point s'évanouissant était le dernier lien qui les unissait à l'Afrique. Le fil se coupait.

Idriss remonta le col de sa veste de survêtement. Il fait froid en Italie.

Il avait mille dollars en poche et un contact à Paris.

Boubou Dioula était un Nigérien qui aidait ses compatriotes à trouver un grabat, un emploi, des papiers et qui ramassait sa commission. Un vautour.

Au village, lorsqu'ils s'étaient mis d'accord, Youssef avait promis sur la mère de sa mère un débarquement en France et voilà qu'Idriss se retrouvait en Italie à plus de deux mille kilomètres de son objectif. Les Arabes sont les Arabes.

À qui se plaindre ? Il s'imagina frapper à la porte des carabiniers pour dénoncer cet Algérien qui n'avait pas respecté ses serments. Il se mit en route.

Il apprit à glaner les déchets dans les cageots à la fin des marchés, à se nourrir de ce que la campagne offrait : les mûres des bosquets d'automne, les poires, les prunes et les pommes. Lentement, il progressait vers le nord. Il dormit dans des stations-service, au fond des granges à foin, sous les grands hêtres des forêts et, une fois, dans une usine désaffectée où les effraies menèrent grand train. Un jour, un routier s'arrêta devant l'abri d'autobus où il avait passé la nuit et le fit monter pour cinq cents kilomètres. Au moment de le quitter, le type lui donna dix euros et lui demanda de le sucer. Idriss lâcha le billet, s'enfuit et ne regarda plus jamais personne dans les yeux. Il évitait les villes, marchait beaucoup et se contentait de pain. Il buvait l'eau des sources et la trouvait bonne. La première fois qu'il vit une fontaine dans un village du Val d'Aoste, il voulut prévenir un passant que le système était cassé, que l'eau coulait à perte. Il redoutait les chiens qui, sentant l'odeur du Noir, le poursuivaient de leur haine décuplée par des milliers d'années de dressage petit-bourgeois. Il souffrit du froid mais pas de la distance : il savait marcher sans repos et ses muscles ligneux habitués aux regs trouvaient bien velouté le goudron négligé des départementales.

Dans les matins humides où il fallait se remettre debout, le ventre vide, sans même la longue brûlure du thé dans la gorge, il se demandait à quoi rimait cette existence qui offrait l'alternative de cuire jusqu'à la mort sous le soleil d'Allah ou de pourrir de froid dans les fossés infidèles.

Et puis ce fut Paris et l'huilage des réseaux. Il prit contact avec Dioula. On lui trouva une chambre dans une cité d'Aulnay-sous-Bois. Une pièce de quatorze mètres carrés qu'il partageait avec quatre garçons de son âge. Les autres venaient de Mopti et ne lui parlèrent pas. Il lui fut échu la moins bonne place : un matelas taché, près de la porte. Un lavabo gouttait.

L'association Droit au mouvement lui proposa gratuitement des leçons de français. On lui détailla les subtilités du système juridique où toutes les lois pouvaient se contourner. L'administration lui parut une citadelle dont les remparts sont fendus de brèches discrètes et de portes dérobées, connues des initiés. Des femmes blanches entre deux âges, légèrement bedonnantes, portant des lunettes rouges et des cheveux courts, parfois teints, l'aidaient du mieux qu'elles le pouvaient. Il ne les aimait pas beaucoup, elles se parlaient très sèchement mais se montraient extrêmement prévenantes avec lui. Elles tiraient fierté de l'aide qu'elles lui apportaient. Elles l'écœuraient vaguement, mais il n'osait rien dire. Lors des réunions, elles balançaient entre l'affection maternelle à l'égard de ces jeunes exilés et le désir de se faire fouiller sur le coin de la table par l'une de ces queues charbonneuses.

Il se fit à cette vie de ver de farine, enfoui dans le béton, la fumée, la foule. À ces visages sans vie, ces corps blancs et mous. Il regardait glisser, entre les tours de ciment, le soleil d'Occident qui ne diffusait aucune énergie. Au désert, le soleil brûlait.

Dioula lui obtint un travail. Mille euros par mois, deux cents pour la commission. Restaient huit cents. Cent pour la chambre, cent pour la nourriture, cinquante pour le métro, cent pour les menues dépenses. Il pouvait donc envoyer chaque mois vers Buanda quatre cent cinquante euros. À ce rythme, il faudrait neuf ou dix mois pour rembourser le voyage, ensuite, ce serait une petite fortune qui ruissellerait jusqu'aux siens.

Dès qu'il touchait l'argent, il allait au bureau de la Western Union, boulevard Mendès-France, à deux rues de sa chambre, et remplissait le formulaire du mandat « virement express ». La transaction prenait quarante-huit heures. Il imaginait Gros Papa avec ses lunettes de soleil, attendant le taxi collectif sur la place du village pour gagner Buanda et percevoir l'argent. C'était la consolation de sa vie. Le reste du temps, il souffrait comme un chien. Dans son crâne de chamelier recuit dans le four saharien, il s'efforçait de tuer ses regrets. Comment faisaient tous ces gens pour se lever chaque matin, s'habiller d'étoffes grises, nouer leur collier et se remettre en marche ?

De temps à autre, il y avait tout de même un type qui se foutait sous les roues du métro. Les haut-parleurs annonçaient un retard de deux heures, les gens faisaient des gestes furieux…

C'était cela ou le désert donnant à peine assez de vie pour un ruban d'acacias et un troupeau de chameaux anémiés.

Le dimanche, Idriss restait allongé sur son lit. « D'un côté, la tente, de l'autre, cette chambre », pensait-il. Entre les deux, Youssef et sa bande qui pendulaient à bord du Bréguet.

Chaque matin, il partait pour Paris. Il fermait les yeux et se représentait l'itinéraire. La chambre, l'escalier de l'immeuble, la rue, l'escalier roulant, le métro, l'escalier roulant, la rue, le local. Dans cette vie, on montait et on descendait en lentes pulsations. Les journées dessinaient une houle régulière.

Une fois arrivé dans les locaux de l'entreprise, il ouvrait son placard avec sa clef, enfilait sa combinaison, coiffait sa casquette, laçait ses chaussures de sécurité, recevait ses instructions, prenait son matériel et se dirigeait vers la vitrine qui lui revenait. La compagnie de nettoyage Top Net' couvrait les arrondissements du centre-ville.

Ce jour-là, Idriss se sentait particulièrement vidé.

— Idriss : tu vas au 123, boulevard Raspail. Deux vitrines, une enseigne et la porte automatique. Tu te grouilles, tu devrais y être, lui avait ordonné monsieur Michel ce matin-là.

Il ne pleuvait pas mais une bruine recouvrait de perles minuscules la vitrine des magasins. Paris flottait dans un nuage. Idriss se présenta à la jeune fille de l'accueil.

— Ah, c'est aujourd'hui pour les carreaux ? Allez-y, dit-elle.

Elle était jolie, avec un long cou et un petit papillon en or autour.

Il sortit sur le trottoir et entreprit de frotter la vitrine extérieure avec ses éponges. Il les trempait dans le seau rempli de produits dégraissants. Le liquide blanc recouvrit la surface du carreau.

Il donna le premier coup de caoutchouc et ouvrit dans la mousse des bandes nettes, de la largeur de sa raclette. Il regarda la fille, donna un deuxième coup. Cette fois, il détailla la vitrine. Il ne s'était pas préoccupé de savoir ce qu'on vendait ici. Sur l'enseigne s'étalait en lettres rouges « RÊVES D'HORIZONS », et il y avait l'image d'un avion volant au-dessus d'un palmier.

Il aimait déchiffrer les panneaux de la ville, c'était ses travaux pratiques de lecture et les dames de l'association l'encourageaient à s'exercer.

À travers la balafre ouverte dans la mousse, il lut :

PROMOTION SPÉCIAL DÉSERT
Algérie-Hoggar-Niger
Sahara : terre du mythe
Circuits tout compris chez les seigneurs des sables

L'ENNUI

> Dans l'ennui, le temps se détache de l'existence et nous devient extérieur.
>
> CIORAN
> *Entretiens*

C'était une effraction de lumière. Les flots d'un soleil hivernal, agressif se déversaient sur le linoléum. Et l'inutilité de la clarté blessait les yeux des filles. Le ciel, parfaitement bleu, invitait au suicide.

— Ah… gémit Tatiana, se tournant vers le mur.

Aliona se leva, saisit le rouleau de scotch et retendit la couverture sur la vitre de la salle de séjour. Elle eut le temps de regarder l'horloge frappée du sigle CCCP en lettres d'or (un modèle de 1975, hérité du grand-père) : midi trente. Il fit noir à nouveau dans la pièce en feu. Les systèmes de chauffage collectif des immeubles fonctionnaient à fond en février.

— J'ai une bite en métal en travers de la tête, dit Aliona.

— Moi, un tramway dans la nuque, dit Tatiana.

Elles enfouirent le bois de leur gueule dans les oreillers. L'alcool opérait son massacre. Elles dormirent jusqu'à 17 heures, se levèrent, préparèrent du thé noir. Elles burent un litre en silence et mangèrent un paquet de biscuits à gestes mous. Il faisait déjà nuit. Elles ôtèrent la couverture qui obstruait la fenêtre : les lumières des barres de béton dessinaient des damiers jaune pâle sur les façades. La veille, elles étaient allées au Tamerlan. Avec leurs faces d'albâtre, leurs cheveux laqués blonds, et les turquoises de leurs iris, sertis dans l'amande de leurs yeux, elles avaient beaucoup moins de succès dans les boîtes de ces latitudes boréales qu'elles n'en auraient eu sur la corniche d'un pays de palmiers. Elles s'étaient saoulées avec une bouteille de vodka au piment. Deux militaires les avaient abordées avec la délicatesse des conscrits de l'armée russe. Un gros à moustache et un plus fin, vaguement pas mal. Ils avaient craché leur fiel contre la Tchétchénie, l'un d'eux s'était écroulé dans un fauteuil et l'autre avait crié « Groznyï est une pute » avant de sortir vomir. Un électricien de la compagnie KTP 11 les avait ensuite insultées et avait crié à Tatiana qu'elle n'aurait pas dû gifler son frère, l'an passé, et Tatiana s'était souvenue de trois semaines passées avec un attardé qui ne parlait que de pêche à la cuillère.

Le type s'était fait virer par Igor, le videur du Tamerlan, originaire de Kazan. La piste de danse s'était vidée, les deux amies étaient restées seules. Elles avaient repris cent cinquante grammes de vodka, vidé quelques bières, puis Aliona avait cassé son talon de botte sur un tube ukrainien de 1998 et le retour avait été cauchemardesque parce que le grésil s'était levé dans la rue Proletarskaïa. Sur le fronton de la mairie, un panneau lumineux indiquait – 37 °C. Les rues étaient meringuées de gel et respirer la limaille de l'air était douloureux. C'était le 8 mars, la Journée de la femme, instituée par les Soviétiques, la fête la plus importante de l'année. Elles n'auraient jamais raté pareille occasion de passer un peu de bon temps.

Tatiana demeura toute la journée du lendemain plantée devant son reflet. La fenêtre donnait sur la rue des Komsomols et le blond des cheveux projetait un halo sur le carreau. La jeune Russe avait terminé ses études de langue à l'université d'État de Tomsk et était revenue au mois de septembre dans l'appartement de sa mère. Depuis six mois, elle attendait que quelque chose se passe. L'hiver s'était abattu sur la région à la mi-septembre, gelant tout espoir d'imprévu. Le pays n'a pas son pareil pour écraser l'existence. La Sibérie avortait le temps, fauchait les jours. Les heures tombaient mort-nées. Ici, seul le fatalisme permettait de supporter la vie.

Les cheminées de la station de chauffage

pulsaient leurs panaches : la vapeur d'eau moussait dans le ciel. Tatiana eut envie d'une meringue, ils en vendaient au magasin n° 3, à quatre cents mètres de l'immeuble. La perspective d'empiler les couches de vêtements, d'enfiler collants, cache-nez et cagoule la découragea. Ici, à quatre cents kilomètres au sud du cercle polaire, il fallait vingt minutes pour s'habiller. Elle se coucha sur le divan, alluma une cigarette et tenta de donner vie à un rond de fumée.

À 18 heures, à la fenêtre. Sa mère, guichetière à l'agence de la compagnie aérienne, rentrerait du travail une heure plus tard. On allumerait la télévision, avant la soupe. Ce soir, il y avait *Voyna !*, un film sur la guerre en Tchétchénie : les troupes d'assaut russes fichaient une correction aux islamistes et prenaient Groznyï en défouraillant dans les décombres.

L'avenir à Stirjivoïe était un sujet qu'on n'abordait pas. La ville consistait en un alignement de dominos d'immeubles posés à même la taïga, obstruant l'horizon. Obtenir un appartement dans ces stèles à la gloire de l'architecture concrète avait constitué le rêve des citoyens soviétiques. La moitié des habitants de Stirjivoïe travaillait dans les stations pétrolières. L'autre moitié attendait la première, au chaud dans les immeubles. La nuit, la ligne des torchères de gaz dansait et, vue des derniers étages, on aurait dit une guirlande de fête accrochée au-dessus de la forêt. Poutine avait remis la Russie sur les rails en orchestrant le pompage des gisements dans les confins de la Fédération. Depuis les années 2000, la Sibérie s'était hérissée de stations de forage. Les oléoducs avaient rampé sur les toundras, entravant les transhumances des rennes sauvages. La Russie sortait du sommeil, s'ébrouait, les pieds dans les barils. Le chuintement des brûleurs de gaz, le fusement des flammes avaient rompu le silence des clairières. Ces flambeaux dans la nuit étaient les voyants du retour du pays sur les marchés mondiaux. Ils allumaient l'espoir dans l'esprit des classes moyennes. Chez les prolos aussi : lorsqu'une torchère apparaissait dans la perspective d'une rue, les ivrognes naviguaient vers la lueur avec la certitude d'avoir trouvé un phare. Tatiana se demanda si elle avait le temps d'appeler Igor. Il travaillait comme mécanicien à la station électrique et ils se téléphonaient de temps en temps pour tirer un coup. Il arrivait dare-dare avec sa casquette de moujik, ses fossettes en coups de gouge et ses grosses mains rouges prédestinées au pétrissage. Les lattes du canapé du salon étaient défoncées et ils se finissaient par terre, sur la moquette vert kaki posée en 1977, l'année où le père de Tatiana avait pris sa retraite. Il était mort l'été d'après en tombant dans le lac Kotchelnik, défoncé au cognac arménien. Tatiana songea : pas le temps pour la baise, déjà 6 h 30. Journée quasiment morte et la mère qui n'allait pas tarder.

Le lendemain fut pire : une déportation d'insomniaque dans la clarté du jour. Tatiana n'appartenait plus au temps. Elle était sur sa rive et regardait passer les heures, sans plonger dans le fleuve. La nuit, l'insomniaque est pareillement débarqué du convoi de la durée. Il se tient immobile, dans ses draps en sueur, exclu du flux qui emporte les autres dormeurs. Elle, en état de veille, se sentait privée de ce droit élémentaire à dériver dans le courant des heures. Elle sirota du thé, fuma un paquet de cigarettes et comprit que son diplôme de français ne lui serait d'aucune utilité dans une ville de béton congelé, peuplée d'ouvriers ouzbeks, de techniciens polonais et de pétroliers russes. Elle s'était convaincue du rayonnement de cette langue qui, en réalité, n'était plus parlée que par soixante millions de petits-bourgeois épuisés, repliés sur le souvenir d'une grandeur fossile. Le français ne servait plus qu'à la revendication interne, à la plainte, au gémissement. Pour s'en sortir, dans ce monde, il fallait frapper à la porte de la chaire de chinois, d'arabe ou de japonais. Qu'allait-elle faire de sa maîtrise de l'imparfait du subjonctif et de ses théories sur la description flaubertienne ?

Dehors, pour spectacle : les ballets des pelleteuses qui repoussaient les congères sur le côté de la rue des Komsomols. Le trafic ne faiblissait pas : Stirjivoïe était une ville active. Le pétrole pourvoyait les emplois. Il fallait pomper ce jus, l'exporter vers les centres de raffinage où il serait transformé en essence et servirait à remplir le réservoir de Hummer convoyant des filles à travers des villes tièdes, vers des *mojitos* frais et des soirées électriques. Elle se tenait exactement à la verticale de cet endroit où il ne se passe jamais rien : la source des choses. Bientôt, dans quelques semaines, la mère lui ferait comprendre que le salaire de vendeuse à la billetterie ne suffirait plus à entretenir une fille de vingt-cinq ans et qu'on ne pouvait passer l'existence à regarder la neige à travers les doubles vapeurs des clopes et du thé derrière une vitre. À l'agence, la vieille dame vendait des séjours tout compris en Thaïlande pour 50 000 roubles. Les charters déversaient des cohortes de Russes sur les plages du sud de la péninsule, non loin de la frontière malaise. Les vacanciers étalaient leurs ventres rouges, en rang, sur le sable, au pied de *resorts* en béton reconstruits à la hâte après le raz-de-marée de 2004. Le matin, ils filmaient les buffets à volonté avec leur caméscope et rentraient ensuite montrer les images à ceux qui s'apprêtaient à partir.

Tatiana s'allongea sur le canapé, composa le numéro d'Igor mais ne l'appela pas. Elle fixa le plafond. Une tache marron s'épanouissait sur la tenture, trace d'une fuite du ballon d'eau chaude des voisins, vingt ans auparavant. Enfant, elle fixait les motifs des auréoles et y voyait des têtes d'hippocampes surgissant d'anémones. Aujourd'hui, la tache restait une tache. Une odeur de chou montait de l'appartement du dessous, imprégnait tout. C'était l'odeur de l'ennui russe. Le soleil déchira les nuages, illumina quelques instants le bulbe de l'église Notre-Dame-de-Kazan et le reflet planta un éclat au milieu de la tache du plafond. Tatiana imagina les babouchkas à l'œuvre devant l'iconostase. Elles devaient être en train de se prosterner devant l'icône, de s'écraser le visage contre les stigmates, et d'appeler de toutes leurs forces le monstrueux néant de la vie éternelle pour se consoler d'avoir traîné si patiemment le fardeau d'une existence en larmes sur la terre sibérienne. Elle se leva, regarda son cul dans la glace. Elle avait l'habitude de jeûner deux jours par semaine, elle avait banni la pomme de terre de son régime et refusait toujours l'ascenseur à l'université. Elle avait la fesse orthodoxe : un bulbe arrogant, durement galbé et haut perché. Un cul qui avait laissé un sillage de souvenirs, d'assauts, d'échecs et de hoquets au foyer des étudiants. Son salut était là, se dit-elle en se tenant les fesses, dos à la glace. Il était 6 heures. Il fallait faire quelque chose. Il fallait se tirer d'ici.

Le club 100 se tenait dans une ruelle du centre de Moscou, non loin de la prison de la Loubianka. Des putes et des condamnés : le quartier était voué aux gémissements. Une porte de bois s'ouvrait sous un porche flanqué de deux Russes de cent quatre-vingt-dix centimètres. Ils n'auraient pas déparé dans une compétition de combat illégal à Lefortevo et ne laissaient passer que deux sortes de gens : les habitués et les hommes descendant de 4 × 4 à vitres noires. Les clients s'enfonçaient par une volée de marches laquées, déposaient les manteaux au vestiaire et pénétraient dans une large salle où les coups de boutoir de la techno traversaient le ventre de filles, zébrées de laser comme une nuit arctique d'aurores boréales. Les putes dansaient de tous leurs membres ou prenaient un verre au bar, jambes provisoirement croisées. La température était parfaitement réglée pour que les êtres humains croisant dans l'établissement ne souffrent pas du froid lorsqu'ils vivaient en culotte ni de la chaleur lorsqu'ils gardaient leurs vestes. Tatiana passa deux ans au 100, assise sur des coussins rouges ou sur des hommes d'affaires, allongée sous des banquiers kazakhs ou debout, à la barre de strip-tease plantée au milieu du club, devant des journalistes démocrates de l'espace Schengen qui attendaient qu'un huitième *shot* de vodka dissolve leurs résidus de remords. Elle avait mis six mois à maîtriser le grand écart, sur la barre tournante, tête à l'envers, et s'était ensuite disputé avec Loudmila le podium des meilleures danseuses de l'endroit. Le 100 était fréquenté par des hommes d'affaires d'Asie centrale ou d'Europe, quelques députés de la Douma à qui étaient réservés un escalier dérobé et les chambres de VIP. Parfois, un écrivain américain ou un artiste scandinave venait se confirmer à lui-même que les viviers des bordels moscovites avaient survécu à l'hémorragie des filles russes vers l'Union européenne.

L'endroit était tenu par un Anglais, Rupert W., qui avait réussi à échapper pendant dix ans au racket de la pègre, au harcèlement administratif et aux intimidations de la milice. Il parlait un russe enjôleur, traversé d'expressions littéraires, convoquait Dostoïevski dès que la situation s'embrouillait, s'était entouré de quelques associés géorgiens. Deux ans après son arrivée, il s'était converti à l'orthodoxie dans un monastère de l'Anneau d'or et ses psalmodies en vieux slavon, entrelardées d'envolées sur le salut de l'âme et la force de la foi, intimidaient les oligarques qui lui sollicitaient un rendez-vous pour renifler s'il n'y avait pas matière à extorsion. Il avait la joue creuse, le teint brûlé, l'œil aux aguets et quelque chose de l'iguane des Galapagos dans sa manière de se mouvoir prudemment, douloureusement, comme ces bêtes dont la démarche sur la lave séchée avait inspiré Darwin.

À grand renfort de Cioran et de Baudelaire, il expliquait aux visiteurs que les filles de son royaume pourpre étaient des saintes brûlées, que la chair était un tapis de prière et que le ventre des putes servait de creuset aux larmes des hommes damnés par leurs pulsions. Il recrutait les filles selon un principe qui excluait toute coercition : elles payaient un droit d'entrée et faisaient ensuite leurs affaires avec les clients. Le club prenait sa marge sur la location des alcôves et la consommation d'alcool. Les filles vendaient leurs chattes, Rupert louait ses chambres.

Tatiana n'avait pas mis longtemps à trouver le chemin de l'escalier du 100. Une de ses anciennes colocatrices du foyer étudiant de Tomsk officiait à la barre de strip-tease depuis l'hiver d'avant et lui avait proposé de rencontrer son patron. Quand Rupert et ses Géorgiens avaient vu arriver ce produit d'une nuit d'amour entre une princesse ouralo-altaïque et un boyard moscovite, qui parlait par surcroît un français parfait et irradiait une froideur de machine-outil, ils n'avaient pas hésité à lui proposer des cours de danse. Le reste s'était enchaîné très vite : le test sanguin pour s'assurer que Tatiana drainait un sang irréprochable et portait des muqueuses hygiéniques, et ce furent les premières passes.

Quand un Français pointait son contentement de lui au 100, on recommandait Tatiana. Les clients étaient des hommes de cinquante ans, des diplomates, des businessmen à qui la taille de leur ventre ne permettait plus d'espérer de jolis culs non tarifés. Les types lui demandaient son nom, certains s'extasiaient de la qualité de son français en finissant leurs verres et les moins pressés allaient jusqu'à s'enquérir de l'endroit où elle avait appris la langue. Mais la plupart se foutaient de la vénération de Flaubert entretenue dans les confins sibériens et tous finissaient par oublier que Tatiana les comprenait parfaitement lorsqu'ils lui crachaient à la gueule leurs « tu vas prendre cher, salope de viande russe ». Ceux-là concevaient quelque honte lorsque, se reculottant, ils s'entendaient dire par cette fille aux yeux morts et bleus : « J'espère que vous avez tiré quelque agrément de ce qui vient d'advenir. »

Elle rencontra Alain un soir de la fin mars, à cette époque où Moscou se réchauffe. Les stalactites se décrochent des toits et, parfois, pourfendent un passant. Les gens pataugent dans la boue. Les voitures aspergent les piétons de giclées noires et les services de la voirie retrouvent, sous les congères en fonte, les ivrognes de l'hiver ensevelis par une nuit de neige. Alain vivait en Provence et, cette année-là, multipliait les séjours à Moscou pour négocier un contrat avec les autorités du ministère de l'Intérieur et de la Cité des Étoiles. Sa maison de production se lançait dans une saga pour la BBC, la ZDF et la chaîne Rossia sur l'épopée spatiale soviétique. Il s'agissait d'obtenir l'usage des milliers d'heures d'archives filmées que le FSB venait de déclassifier et cherchait à vendre au plus offrant. Alain passait des journées dans des couloirs recouverts de linoléum où des businessmen à carrure de boxeurs et des fonctionnaires à cheveux plats le pilotaient vers des négociations stériles et des conversations rythmées par les *shots* de vodka. Chaque soir, depuis une semaine, il venait dissoudre au 100 le goût de ces heures lénifiantes. Un jour, on lui présenta Tatiana, il sembla heureux de lui parler de Gagarine, des spoutniks, de la chienne Laïka. Il but une vodka pomme et une autre aux airelles. Il dansa avec elle, resta à la regarder faire semblant de s'empaler sur le chrome de la barre, partit subitement à 3 heures du matin et lui promit de revenir le lendemain. Il tint sa promesse ainsi que le jour suivant. Il ne demandait rien d'autre que de discuter en vidant fébrilement des verres qu'il abattait trop fort sur le comptoir. Il devait croire que c'était la coutume russe. Il demanda à Tatiana de lui décrire Tomsk, il lui raconta que la Provence était le plus bel endroit du monde et Saint-Rémy un paradis d'arômes. Elle ne pouvait en dire autant de sa ville natale et lui peignit une journée à Stirjivoïe, c'est-à-dire l'éternité. Un vendredi, il lui annonça qu'il avait remporté le marché des archives spatiales et paya un verre à toutes les filles. Il lui fit l'amour dans un salon du 100 où des cariatides en plâtre doré flanquaient un baldaquin turco-wagnérien. Le byzantinisme avait fini par déteindre sur le goût esthétique de Rupert. Ils prirent un bain moussant dans le jacuzzi en buvant un château-yquem. Tatiana, fille russe, n'aimait que les vins doux.

Ils se revirent le lendemain à l'Hôtel Ukraine où Alain était descendu parce que le personnel ne faisait pas attention aux gens qui montaient avec les clients. Ils dînèrent sous les stucs, gagnèrent la chambre à bord de l'ascenseur aux boiseries ouvragées et les tentures vieillies de la chambre étouffèrent les cris d'Alain qui n'étaient pas des insultes. Tatiana, à sa propre surprise, ne décompta pas cette fois-là les coups de reins qui précédaient la quille. En outre, Alain s'intéressait encore à elle, une fois rhabillé.

Sur la table de nuit, elle vit la *Correspondance* de Flaubert et lui apprit, l'air de rien, à travers la fumée d'une Craven A, que l'analyse des descriptions des peupliers de Croisset avait constitué le cœur de son mémoire, à l'université. Il la regarda fixement. Une déclaration d'amour commence par un exercice d'autopersuasion. Il venait de s'avouer qu'il l'aimait. Il restait à le lui dire. Les dîners servent à cela. Le soir, il lui offrit un bouquet qu'elle trouva laid – les fleuristes moscovites faisaient venir leurs tulipes de Hollande et les pétales avaient l'air de lattes de plastique. Il lui proposa de l'emmener en France. Elle lui répondit qu'il allait vite en besogne. Il lui répliqua que la vie de Gagarine lui avait appris à ne rien laisser en suspens. Il n'osa pas lui dire qu'il lui proposait l'Espace, cela aurait été mufle – à cause de la chienne. Il était assez mal fait, extraordinairement velu et mangeait trop. Il lui décrivit son mas, au pied des Alpilles. Il lui peignit sa solitude, sa vie réglée, le silence de ses nuits et ce fut cet aveu qui emporta Tatiana. Elle se revit à Stirjivoïe devant la glace, elle décida de dire oui. Pour la forme, elle émit des doutes sur l'obtention d'un visa. Alain connaissait l'ambassadeur, le mariage réglerait tout, elle obtiendrait ses titres de séjour plus vite que sa robe de mariée. Il était souvent à Paris et à Londres. Elle serait libre, elle aurait la Provence pour elle, il reviendrait le week-end, il l'emmènerait voyager. Il se voyait avec elle, au marché de Saint-Rémy, à son bras à Paris. Il se réjouissait du regard que ses amis porteraient sur elle. Ces petits-bourgeois sociaux-démocrates, totalement dénués de sens tragique, la prendraient pour la *pute russe*, elle qui avait lu, vécu, lutté bien davantage qu'aucun d'entre eux.

C'était une effraction de lumière. Le soleil de Méditerranée frappe en marteau, dissout tout espoir. Son rayonnement est une force qui rendrait nihiliste un prophète. Il avait éteint toute joie en Camus, il accablait les jeunes Algériens assis sur les jetées, il écrasait Tatiana depuis deux ans. Elle s'était installée avec Alain, sous les platanes de Saint-Rémy, sitôt quittée la Russie. Vautrée dans le canapé de cuir du séjour, elle leva une paupière. Les aiguilles de sa Mauboussin coupaient verticalement le cadran en deux. Midi trente. Elle appuya sur l'interrupteur qui commandait le store roulant de la baie vitrée. La treille métallique se baissa et masqua les Alpilles cramées de blancheur. Et les reflets bleus de la piscine ne dansèrent plus sur le plafond tendu de daim. Les bouteilles de bordeaux vidées la veille lui faisaient le même effet à la tête que si elle se les était cassées dessus. Le tanin du clerc-milon avait beau dater de 1975, il opérait ses ravages. À 17 heures, elle se leva, prépara un thé Assam de chez Dammann et le but à gorgées prudentes, dans la pénombre. Elle fit couler un bain dans la baignoire en marbre de Carrare et traversa moelleusement la couche de mousse vanillée qui crépitait sur l'eau chaude. Alors elle attendit que s'adoucisse la sape de la migraine.

La veille elle avait fait repeindre la chambre qu'elle partageait avec Alain avec un gris taupe de chez Farrow & Ball et avait voulu fêter la nouvelle teinte de la pièce en buvant du vin devant le calcaire rosissant des montagnes. Deux bouteilles plus tard et le soleil tombé derrière les crêtes, elle s'écroulait. Depuis son installation à Saint-Rémy, elle passait du temps devant cette fenêtre. Les Alpilles barraient le monde de leur vague blanche. À leur pied, la plaine cultivée était un tapis lavande. Alain l'avait emmenée à la Sainte-Baume, à la Sainte-Victoire, au mont Ventoux. Chaque fois, le même élan géologique, la même herse dressée dans des ciels uniformes. La Provence était un champ hérissé de remparts inutiles. La géologie avait laissé traîner ses vestiges.

Sa vie oscillait entre la fenêtre, la salle de bains et la cuisine où, sur un plan de travail en obsidienne, elle saupoudrait de parmesan des carpaccios très frais. Alain faisait de courtes apparitions dans le ciel de traîne de cette existence. Il arrivait derrière des bouquets de fleurs, la comblait d'attentions et repartait dans des sillages de promesses où il était question de réduire ses absences. Parfois une conversation avec le jardinier, le livreur ou un décorateur autoproclamé « architecte d'intérieur » rompait le silence climatisé. C'étaient des gens volubiles, serviables, largement malhonnêtes. Ils faisaient des gestes en parlant et la dégoûtaient car elle décelait dans leur sollicitude des envies de familiarité. Elle savait que ces Français n'aimaient pas les Russes, qu'ils tenaient les Slaves de son genre pour des louves vénales et les mâles moujiks pour des brutes. Pour s'en convaincre, il n'y avait qu'à allumer l'écran plasma du salon et à écouter ce que les chaînes d'information déversaient sur son pays. Des nanas de vingt ans, nées dans un paradis, élevées entre Sciences-Po et la Toscane bégayaient leurs lieux communs sur la violence politique du Kremlin, la pesanteur héritée du système soviétique et le bafouage de la démocratie par des satrapes demi-asiates. Aucune ne se doutait du délabrement du bateau postsoviétique dont avaient hérité les autorités. Douze fuseaux horaires ensanglantés par près d'un siècle de démence socialiste ne se pilotent pas comme un duché bancaire de l'Europe baroque.

Au début, elle avait écumé les festivals provençaux – journées baroques de Lacoste, concerts de piano de La Roque-d'Anthéron, Chorégies d'Orange et soirées lyriques du Thoronet – et puis, lassée de cette illusion de culture, de ce faux appétit de beauté, elle s'était rabattue sur les magasins de Marseille, de Nîmes et d'Avignon, réduisant de plus en plus l'intervalle entre le moment où elle s'achetait un sac à main et le moment où elle le remplaçait. Sa vie avait consisté à acheter des choses derrière des vitrines et à les essayer devant des miroirs. Les armoires avaient débordé et l'excitation bien particulière de ne pas savoir exactement tout ce que l'on possède était vite retombée. Elle avait retrouvé la baie vitrée et la contemplation des Alpilles. Cet accident de roche pure arrêtait le regard en même temps que l'élan de La Crau. La première puis la seconde année étaient passées et le soleil imprimant ses nuances sur l'écran de calcaire avait été le seul à offrir un divertissement. De temps à autre, un minuscule sursaut d'énergie la poussait à régenter l'aménagement d'une plate-bande ou la décoration d'un pan de mur. Et puis tout retombait dans l'ordre, c'est-à-dire dans l'immobilité, et les aiguilles des ridicules petites pendules Directoire qu'affectionnait Alain étaient les seules à produire un effort pour traverser le temps.

Elle se réveilla dans le bain. La mousse avait fondu, laissant dans l'eau tiédie des auréoles moirées. Alain ne reviendrait que vendredi soir. La vanité de la semaine serait alors rompue pour deux jours par l'insignifiance de sa présence. Il faudrait ouvrir les jambes pour accueillir sa mollesse, supporter son enthousiasme, accepter l'affection de son mari jusqu'à l'écœurement. Elle soupira et, la tête appuyée sur le rebord de la baignoire, regarda le plafond. Elle remarqua pour la première fois que les veinures du marbre se rejoignaient à l'aplomb de la baignoire et formaient une tache pareille au nœud d'une planche. La zone sombre, ovoïde, reproduisait exactement la forme du plafond de l'appartement de Stirjivoïe et Tatiana perçut une sensation effroyable : flottant dans son bain parfumé, elle se rendit compte qu'elle était en train de subir un ennui parfaitement semblable à celui qui la ravageait, deux ans auparavant, à Stirjivoïe, en Sibérie. Et qu'elle en concevait de la nostalgie.

LA BATAILLE

Aujourd'hui encore – et c'était déjà le cas à l'époque soviétique – il n'est pas rare de trouver, y compris chez les gens simples, derrière les vitres de la bibliothèque, parmi les livres, les bibelots et les photos de famille, un petit buste de Napoléon. Moins rare, en tout cas, que d'y trouver un buste de Lénine.

JEAN-LOUIS GOURAUD
Russie, des chevaux, des hommes et des saints

— Dis-lui d'aller se faire foutre.
— Bien, Votre Altesse…
— Caulaincourt ?
— Sire ?
— Ajoute que je ferai des brochettes avec ses couilles.
— Oui, Sire.
— Et, Caulaincourt…
— Votre Altesse ?
— Et que j'irai chercher les oignons dans le propre potager de sa mère.

Pavel Soldatov avait sacrée allure sous le bicorne. Tous les ans, au mois de septembre, il présidait la commémoration de la bataille de Borodino, sur le champ de bataille historique. Là, en cette fin d'été 1812, sur la plaine piquetée de bosquets, les troupes de la Grande Armée avaient enfoncé les armées tsaristes. Napoléon avait harangué les siens : « Soldats, vous vous battez sous les murs de Moscou. » En réalité la capitale se trouvait encore à cent kilomètres plus à l'est. Une fois de plus, l'Empereur exagérait. Le choc avait été terrible. En quinze heures, soixante-dix mille cadavres s'étaient amoncelés sur le sol fangeux : Polonais, Français, Prussiens, Russes et Anglais mêlés dans les fondrières. Les Russes, étrangement, n'en avaient pas voulu à l'envahisseur corse. Près de deux cents ans plus tard, à l'aube du XXIe siècle, ils vouaient encore un culte à Napoléon. L'associaient-ils à un ennemi du tsar, au pourfendeur des injustices, à l'héritier de la Révolution ? Peut-être voyaient-ils dans la Grande Armée la préfiguration de l'Armée rouge ? Les Russes ont subi pendant des siècles le joug de satrapes asiates, ils acceptent d'être malmenés à condition que leur asservisseur manifeste une fermeté digne de leur fatalisme.

— Sire ?

— Caulaincourt ?

— Karpov me répète que vous avez dix minutes pour dégager et que, passé le délai, il donnera la milice.

— Réponds à cette face de bite que je ne parlerai qu'à mon homologue, le président Poutine.

— Mais, Sire, il dit que nous n'avons aucune chance et qu'ils sont plus de deux cents en face…

— Il ne sait pas de quel métal nos âmes sont frappées.

Pavel tira sur la bride de son étalon, effectua une demi-volte et, debout sur ses étriers, toisa ses arrières :

— Soldats de l'an 1812, les Nations vous regardent, la liberté triomphera comme elle a triomphé sur toutes les terres que vous avez fécondées de votre sang. Vous avez vu vibrer les pyramides dans la chaleur du Nil. Bientôt vous admirerez les trésors du Kremlin. Moscou nous oppose ses forces scélérates. Mais nous vaincrons pour la gloire de la France, l'amour de la liberté et le souvenir de nos braves !

Pavel Soldatov commandait une armée de mille hommes. L'Association de reconstitution des batailles napoléoniennes recrutait dans toutes les provinces de la Fédération russe. L'un des membres, un sergent, venait même de l'île de Sakhaline, à dix mille kilomètres de Moscou. Tous voyaient l'Histoire comme une succession de tableaux, un diorama monstrueux dont les peuples auraient constitué les figurants et les tyrans les metteurs en scène. Tous vénéraient l'Empereur et tenaient 1812 pour une année encore plus cruciale que 1917. Plombiers, chauffeurs routiers, professeurs d'université, musiciens, cultivateurs, épiciers, ils consacraient leur temps libre à briquer des uniformes du premier Empire confectionnés par leurs propres soins. Le week-end, ils réparaient le sentiment de s'être trompés d'époque en se réunissant, vêtus d'habits d'apparat ou de tenues de combat, dans un terrain vague jouxtant l'usine de saindoux n° 2 du village de Borodino. Là, été comme hiver, dans la canicule ou sous la neige, ils prenaient les rangs, s'entraînaient à charger dans la plus pure tradition française, répétaient les manœuvres en vue de la grande parade annuelle. Pavel, ancien général de l'Armée rouge, avait servi dans les blindés et cantonné dans le Gobi, le Caucase et sur les littoraux arctiques. À sa retraite, il avait été élu président de l'association, charge écrasante, hautement compensée par le fait qu'elle vous sacrait automatiquement avatar de l'Empereur français. Pavel tenait son rôle avec beaucoup de sérieux, il avait lu tout ce qui était disponible en russe, étudié les poses de Napoléon, appris ses meilleurs mots, fixé pendant des heures les portraits de l'« antéchrist corse » pour incorporer ses expressions. Une mèche rebelle qui lui balafrait le front, un embonpoint qu'il tentait de contenir dans des habits trop gainés, une pâleur du teint et un égarement du regard prouvaient aux adhérents du club que leur chef poussait la conscience professionnelle jusqu'au mimétisme. Certaines langues affirmaient que Pavel forçait sa femme, Anastasia, à lui donner du

« Votre Altesse » quand il la besognait et qu'il n'ôtait jamais son bicorne chez lui, même dans son bain. On l'avait aperçu, en tenue, en plein après-midi, sur la terrasse de son appartement de l'avenue Koutouzov, à Borodino.

Trois semaines auparavant, au bureau de l'association, Pavel avait reçu un courrier du maire de Borodino, Evgueni Karpov. La lettre annonçait l'interdiction de la reconstitution. C'était un *niet* sans explications, signé de la main de Karpov. Ce gros édile enrichi dans le commerce d'engrais se fichait de la gloire française. Il pesait cent kilos, roulait en Hummer, passait ses vacances en Thaïlande, entretenait des étudiantes, couvrait sa femme de robes Dior et rêvait d'installer un jacuzzi dans la salle de bains de la datcha qu'il achevait de faire construire sur la route de Moscou.

Il avait entretenu jusqu'alors des relations cordiales avec « ce vieux dingue de Soldatov ». La concentration d'une troupe d'un millier de cinglés en shako, une fois l'an, dans les prairies de sa commune l'indifférait. Après tout, l'événement n'était pas mauvais pour lui. La presse nationale couvrait les festivités, les journalistes européens accouraient au spectacle et lui, réussissait chaque fois à se glisser au premier plan de la photo officielle. En outre, la mairie percevait son dû sur les recettes des petits marchands de brochettes caucasiens qui montaient leurs échoppes à la va-vite, à l'aube, autour du champ de bataille.

Et puis, il y avait Anastasia. La femme du général Soldatov travaillait depuis la fin de la Perestroïka aux affaires sociales de la mairie de Borodino sous les ordres de Karpov. Comme son mari la délaissait, hanté par sa mission, elle avait fini par céder aux avances de Karpov. Lassée de se faire sauter deux fois l'an par un type en bicorne qui jouissait en criant « Joséphine ! », elle avait offert au maire ses gros seins et son cul d'ancienne championne soviétique de gymnastique. Ils se retrouvaient dans la salle des archives de la mairie, entre deux réunions. Elle retroussait sa jupe, elle ouvrait grand la bouche, il lui demandait des choses impossibles, elle ne refusait rien, il lui offrait des piercings qu'elle se plantait dans les bourrelets du nombril. Au fond, elle préférait les dérèglements sexuels de son amant aux râles annuels que son mari entrecoupait de commandements réglementaires et d'ordres martiaux. Pavel était trop aveuglé par le soleil d'Austerlitz pour remarquer que sa femme portait des pendeloques qu'il ne lui avait pas offertes.

Cette année-là, les choses s'étaient grippées. Les élections approchaient. Karpov faisait campagne sous les couleurs du parti poutinien, Edina Rossia. Soldatov, emporté par son personnage, s'était épanché dans les journaux, critiquant la « vulgarité » de l'équipe en place à Borodino et claironnant que « l'Histoire aurait été bien inspirée de faire triompher les Français en 1812 pour épargner à la Russie ces nouveaux riches qui défiguraient le pays ».

Karpov avait décidé de sévir : il n'y aurait pas de déploiement impérial. Les napoléonistes n'avaient qu'à trouver un nouveau terrain de jeu. Il interdirait l'événement.

Quand Pavel avait pris connaissance du refus de Karpov, il n'avait pas cillé. Il avait replié le papier à en-tête et s'était fendu de ce mot : « Je lui enverrai dix mille boulets, qu'il aille se faire pendre en Iakoutie, on maintient la fête, l'Histoire jugera. »

En ce 7 septembre, mille soldats impériaux, dragons, uhlans, grognards, cavaliers, artilleurs, lanciers polonais et spahis enturbannés se tenaient immobiles, dans un silence de mort, sabre au clair, fusil chargé de balles à blanc, bottes cirées et casque rutilant, alignés, rangés, déployés sous le soleil de Borodino, au milieu de la grande plaine, derrière Pavel Soldatov, leur général, leur président, leur Empereur. Ils étaient face à deux cents miliciens spécialement dépêchés de Moscou à l'appel du maire. Karpov, pressentant que Soldatov ne plierait pas, avait téléphoné au FSB à Moscou. La direction des services, trop contente d'infliger une correction à ce général qui prenait un peu trop de liberté avec la liberté d'expression, avait répondu favorablement aux implorations du maire. Une compagnie des forces de maintien de l'ordre avait été détachée pour la journée. Il s'agissait des fameux Omon dont l'acronyme, sinistrement connu dans toutes les Russies, avait, à sa simple évocation, réussi à disperser bien des manifestations. Des centaines de badauds – ventres nus et shorts à fleurs – flanquaient le champ de bataille, avachis sur des bottes de paille, couchés dans des transats. On buvait de la bière dans d'énormes bidons de plastique. Ici et là, un transistor crachait les notes d'une chanson de variétés. Les mômes hurlaient, les chiens se reniflaient, les filles surveillaient leurs téléphones portables. Il flottait dans le ciel une odeur de mouton grillé.

Karpov, installé dans son bureau de la mairie, se rongeait l'ongle du pouce. Il hésitait à donner le signal. Il était convenu que les Omon ne chargeraient pas sans son accord. Leur capitaine attendait le coup de fil pour lancer sa troupe. Les deux cents miliciens piaffaient d'impatience d'enfoncer cette bande emplumée. Casqués, bottés, vêtus de leurs combinaisons antiémeute, Taser à la main, les miliciens se réjouissaient à la perspective de donner une raclée à ces soldats de carnaval et à leur sale petit chef bicorné. L'avant-veille, place Pouchkine, à Moscou, ils avaient dispersé une manifestation de dissidents nationaux-bolcheviques autrement plus agressifs que ces bouffons emperruqués, armés de vieux mousquets, de fusils factices, de canons chargés à blanc et de sabres de bois.

Les deux troupes se faisaient face à quatre cents mètres de distance. Il était midi. La foule commençait à trouver le temps long. Les parents redoutaient d'avoir fait le déplacement pour rien. De temps à autre, un père de famille en marinière, canette de bière à la main, se levait d'une chaise en plastique et hurlait « Défoncez-les ! » sans préciser à laquelle des deux parties s'adressaient ses encouragements.

Karpov venait de s'entretenir au téléphone avec Igor, « un de ces foutus aliénés d'opérette », dont le général Soldatov avait fait son aide de camp et que tous les membres de l'association appelaient « Caulaincourt ». Il raccrocha, fulminant.

— Alors ? lui demanda Volodia Savroguine, second adjoint du maire, en charge de la sécurité.

— Alors, cet animateur de kermesse m'insulte du haut de sa carne étique. Il m'a traité de face de bite et veut Poutine en ligne !

— Il ne veut pas reculer ?

— Non, il a commencé à mettre ses hommes en formation de combat. Il fait 38° dehors, il n'y a pas un souffle d'air, il est devenu complètement fou ! Il y a pourtant des lieux réservés aux gens qui se promènent en bicorne. Ça fait longtemps qu'on aurait dû le piquer.

— Faites donner les Omon, monsieur le maire.

— Ça va être le massacre.

— Vous n'avez pas le choix, monsieur le maire. Vos électeurs ne pardonneront pas la faiblesse.

— Oui, Savroguine, vous avez raison, tant pis, tout est sa faute.

Sur la plaine, voyant manœuvrer les hommes de Soldatov, les Omon avaient rabattu leurs visières et dégoupillé les grenades lacrymogènes. Le véhicule blindé antiémeute qui couvrait la compagnie pointa le canon à eau vers les lignes impériales.

Soldatov galvanisait sa foule :

— Soldats ! Suivez votre empereur ! Sus à l'ennemi, vive l'Empire !

Une clameur se leva dans le groupe des spectateurs, un brouhaha de satisfaction. La foule avait son dû. Les mille hommes de Soldatov s'ébranlaient vers l'escouade de miliciens. Ils avançaient au pas, martelant la pauvre prairie de Borodino, la morne plaine harassée par de vraies armées, abreuvée de vrai sang et que les panzers avaient eux-mêmes labourée cent trente ans après les tentatives napoléoniennes. En face, stoïque, immobile derrière sa herse de matraques, la compagnie antiémeute attendait l'ordre. Même les plus aguerris des Omon trouvaient tout de même que cette foule en marche, cette concentration de grenadiers à pied en bleu, blanc et rouge, de cavaliers gantés portant les sabretaches des régiments de chasseurs, ces tambours-majors à plumet et ces dragons casqués de cuivre, ces lanciers à chapskas et ces porte-drapeaux à jabots ajourés, ces maréchaux vêtus de dolmans rouges, de pelisses chamarrées, le pantalon protégé par d'amples charivaris, cette troupe cliquetante arborant brocarts, panaches et cocardes, hérissée de fanions brodés d'or, ce flot humain levant poussière, mené par ce Soldatov qui s'était couvert de gloire dans la défense de l'URSS, cette marée de rêveurs costumés, martelant de la semelle l'illustre champ de douleur, cette armée dont ils s'étaient tant moqués tout à l'heure ne manquait pas d'allure, imposait le respect. Ils regrettaient à présent d'avoir à cogner sur ces concitoyens romantiques qui n'avaient rien à voir avec les petits voyous antipoutiniens moscovites, vendus à l'Otan.

Le téléphone portable du maire sonna au moment où il s'apprêtait à commander l'assaut.

— Karpov, c'est Anastasia.

— Tu tombes mal, ma chérie, je suis en train d'essayer de raisonner ton malade de mari.

— Je sais, je suis sur la prairie, je vois les Omon, ils ont sorti les lance-grenades. On dirait des rottweilers, ils sont prêts à charger.

— Je sais, ils attendent mon ordre.

— Tu sais que si tu touches à un cheveu de Pavel, c'est fini entre nous.

— Mais ma chérie, Anouchka… demain…

— Pas de « ma chérie », pas d'Anouchka… Tu remballes tes chiens de garde ou il n'y aura pas de demain ! Plus jamais. Tu peux dire adieu à mon cul.

Karpov, affreusement gêné par la présence de son adjoint, replié sur son téléphone, murmurait en se cachant la bouche dans les mains :

— Chérie… je ne peux pas parler…

— Plus rien, tu entends, je ne te marcherai plus dessus en te traitant de larve, je ne te donnerai plus de fessée, je ne te prêterai plus mes soutiens-gorge, tu n'auras plus de coups de pied, je ne t'ordonnerai plus de marcher à quatre pattes, plus de gifles, plus de cravache, plus de crachats, rien !

— Anastasia ? Anastasia ? Allô…

La femme du général Soldatov avait raccroché. Sur la plaine de Borodino, les premières lignes de grenadiers n'étaient plus qu'à deux cents mètres des Omon. Soudain, le capitaine de la milice antiémeute porta la main à son oreillette et, après un instant d'hésitation, donna à la compagnie l'ordre de se replier. En formation parfaite, les deux cents miliciens refluèrent. Une clameur sauvage de triomphe s'éleva dans les rangs de Soldatov. Les grenadiers accélérèrent le pas, Pavel mit son cheval au trot. Hussards, dragons et carabiniers suivirent le mouvement. Les hurlements du public couvraient la cavalcade. L'armée napoléonienne chargeait de toute sa puissance. On accéléra. Les grenadiers couraient, les cavaliers galopaient, Soldatov en tête grisé par le souvenir. Les miliciens n'eurent que le temps de se jeter dans les véhicules blindés qui démarrèrent sans même attendre que les portes se referment. Alors, Soldatov, sabre levé au-dessus du bicorne, magistral dans sa pèlerine d'hermine, leva la main gauche pour arrêter sa troupe et hurla le mot que mille gosiers reprirent en chœur : « Victoire ! » Puis, apercevant sa femme dans les rangs des badauds, il galopa vers elle, le cœur fou de fierté, persuadé qu'elle devait fondre d'amour comme s'était pâmée Marie-Louise le jour où elle avait reçu le billet où l'Empereur lui annonçait la prise de Moscou.

LA LIGNE

> Quand, au lendemain de la guerre de 14, on introduisit l'électricité dans mon village natal, ce fut un murmure général, puis la désolation muette.
>
> CIORAN
> *De l'inconvénient d'être né*

— Émile ?

— Piotr ?

— On se connaît depuis… ?

— Douze ans.

— Comment expliques-tu que je continue à te faire confiance ?

— Garde tes forces, mon vieux, écoute le froissement de la neige, imprègne-toi de la beauté de la nuit sibérienne, elle est notre souveraine, elle nous enveloppe et son haleine…

— Émile ?

— Oui ?

— Je t'emmerde.

La nuit, tout est plus long. Pas de paysage pour

se désennuyer. L'effort de la marche s'augmente de l'inexistence des repères. L'impossibilité de tronçonner la distance à abattre décourage les plus vaillants. À la lumière, le marcheur se fixe des objectifs, prend ses amers, se replie en lui-même en attendant d'atteindre son point de visée, puis en détermine un autre et renouvelle l'opération jusqu'à la halte. Mais dans le noir, on erre. La nuit, cette mangrove aspire la volonté. Alors, pour marcher, il faut une sacrée raison : les flics au cul, un rendez-vous d'amour. Ou bien une vie intérieure à l'image de ces tarés dostoïevskiens, starets de monastères et fols en Christ qui pérégrinaient dans la noirceur pour la mortification des pieds et le salut de l'âme. Si l'on n'a pas de pensées où plonger, la marche sous les constellations est un interminable calvaire.

Piotr détestait cette expédition. Il restait à la traîne. À la traîne d'Émile, à la traîne de la trace dans la neige, à la traîne du faisceau de sa lampe. Depuis des heures, son horizon se réduisait aux troncs des arbres, blancs pour les bouleaux, noirs pour les cèdres.

— Tu es sûr de ta direction, Émile ?

— Ta gueule, Piotr.

— Merci, tu me rassures.

Cela devait faire trois heures qu'ils marchaient. Piotr n'osait pas consulter sa montre. Pour l'atteindre, il fallait s'arrêter, enlever les moufles, relever les manches de la veste et les couches de laine – bref, l'opération était si fastidieuse qu'il préférait vivre hors du temps. La neige était profonde, l'effort démesuré pour arracher un pas. Ils avaient roulé deux heures sur la piste, laissé la camionnette sur le bas-côté, à cent kilomètres du village, et s'étaient enfoncés plein sud, chaussés de raquettes. Émile avait juré sur la tête de son neveu qu'ils n'avaient que huit kilomètres à parcourir. Il s'orientait avec un GPS américain, acheté à Saint-Pétersbourg l'année d'avant, mais Piotr n'avait pas confiance en ces boîtiers de plastique réglés sur des satellites de l'Otan. Comment pouvait-on imaginer qu'un truc gros comme une boîte à savon puisse recueillir des informations spatiales qui établiraient une position au mètre près, dans cette taïga oubliée du reste du monde ?

— Émile ?

— Quoi, Piotr ?

— Il reste combien de temps ?

— Deux kilomètres, dit Émile.

— Oui, mais combien de temps ?

— Ça dépend si tu la fermes ou pas.

— On n'aurait pas dû boire avant de partir.

— C'est toi qui as voulu.

— Justement, j'ai soif.

— Encore cinq cents mètres et je te fais un feu, d'accord ?

— D'accord.

Ils ahanèrent une demi-heure et brusquement, dans une clairière où le vent avait décapé la neige, Émile jeta son sac et déclara la halte.

— Mon vieux, il reste un kilomètre et demi et on y est.

— Juré ?

— Sur les larmes de Notre-Dame-de-Toutes-les-Douleurs.

— Salaud, tu ne crois à rien.

— À la douleur, si.

Piotr s'écroula sur son sac, Émile s'activa. Il ramassa des branches mortes, déblaya la neige avec sa pelle, disposa le bois et l'arrosa d'un demi-litre d'alcool à brûler qu'il transportait dans un bidon : il avait passé l'âge de faire partir un feu dans les règles de l'art. Il déboucha une bouteille de vodka et tira de la poche intérieure de son large manteau un saucisson de porc qu'il entreprit de couper à grosses tranches avec le poignard qui lui battait le haut de la cuisse gauche et sur la lame duquel s'étalait le nom d'une ville du Caucase réputée pour ses égorgeurs. Les deux hommes s'étaient connus pendant la deuxième guerre de Tchétchénie, déclenchée avec ce raffinement que les Russes mettent depuis des siècles dans la résolution de la question caucasienne. Tous les deux faisaient leur service militaire dans les troupes de montagne et un assaut particulièrement violent dans un quartier de Groznyï, en décembre 2001, les avait liés à jamais. Ce jour-là, Piotr s'était éloigné derrière un tas de gravats. Quand les roquettes de RPG-7 étaient tombées, il avait bondi de son trou, le pantalon aux chevilles, et s'était cassé la gueule à découvert, du mauvais côté du trottoir, à cinq ou six mètres des sacs de sable où ses compagnons tentaient de le couvrir. Si Émile n'avait pas bondi pour le tirer par le col alors que les camarades de la section sulfataient l'ennemi avec les 250 coups-minute de l'AA12 (une arme qui œuvrait beaucoup à cette époque-là pour la diffusion de la civilisation occidentale dans les replis tchétchènes), il se serait fait déchiqueter le cul par les rebelles qui maniaient le fusil Dragunov mieux encore que le couteau. Le soir, sous la toile de tente kaki qui sentait le goudron, le capitaine avait raconté à Piotr que George Orwell, pendant la guerre d'Espagne, avait renoncé à tirer sur un fasciste espagnol débusqué d'un trou de chiotte. L'Anglais prétendait qu'un fasciste qui court en se tenant le pantalon est avant tout un être humain. L'anecdote n'avait pas rassuré Piotr : on ne pouvait la transposer au conflit caucasien. L'essayiste anglais était plus civilisé que les brutes barbues qui tentaient d'imposer la charia à l'ombre de l'Elbrouz.

Le feu brûlait bien, le reflet des flammes dorait les bouleaux. Les arbres avaient la couleur des cierges.

— Tu vois, Piotr, pour nous, ce soir, la civilisation, c'est le halo du feu. Au-delà, c'est la nuit, le danger, les bêtes sauvages.

— La nuit est un cul de Tchétchène.

— À quoi boit-on ? dit Émile.

— Au feu de bois, dit Piotr.

— Il finira par mourir, dit Émile.

— Alors, on partira, dit Piotr.

Ils versèrent quelques gouttes sur le sol à la

manière des Sibériens ou des anciens Grecs. Ils burent leur dose cul sec et Piotr emplit à nouveau les verres.

— Regarde ton ombre, mon vieux ! C'est pour cela que nous sommes là. Regarde danser ton ombre, bon Dieu ! et l'ombre de nos silhouettes sur les taillis, c'était cela ! C'était exactement cela, je te dis. Une magie de chair et d'ombre. Une valse d'encre et de miel.

Émile avait l'air hagard et les yeux exaltés. Il ressemblait à ces saintes catholiques du XIXe siècle qui donnèrent nom d'« extase », de « pâmoison » et d'« état de grâce » à une sensation pour laquelle il existait plein de mots salaces.

— Je la revois... continua Émile, je revois l'ombre de Sviéta sur le mur de bois. J'avais l'impression de baiser une ombre chinoise. Tu as déjà baisé une ombre chinoise, mon vieux ?

Deux semaines auparavant, Partisan, le hameau où Émile et Piotr travaillaient à la scierie n° 1, avait été plongé dans l'obscurité pendant quarante-huit heures. À cent cinquante kilomètres de là, à la naissance de la ligne électrique qui convoyait le courant vers Partisan, un court-circuit avait incendié l'un des boîtiers du transformateur de Rietchka. Les agents de la compagnie avaient mis deux jours à réparer l'avarie. Au village, on avait retrouvé les vieux réflexes. On avait ressorti les lampes à pétrole, réactivé les poêles à bois. Les Russes ne s'affolent jamais quand le confort recule. Dans ce pays, le jour où les oléoducs cesseront de cracher le pétrole, on n'aura aucun mal à revenir au mode de vie du XIXe siècle. Pendant deux nuits, les bougies vacillèrent derrière le carreau des datchas. Le hameau, dans l'obscurité mouchetée de carrés d'or, prit des allures de peinture sur laque. On s'était très bien accommodé de ces heures de panne. Après tout, l'électricité publique n'était arrivée que très récemment dans ces confins : l'année où Poutine avait relancé les efforts d'exploitation des ressources dans les parages arctiques.

Émile ne tarissait pas. Piotr l'écoutait d'autant plus patiemment qu'il était installé, contre une souche, le cul sur le sac, chauffé par le feu, engourdi d'alcool. Il avait cette politesse des gens confortablement assis.

— Avec Sviéta, on n'a jamais baisé comme ces deux nuits-là, mon vieux. On avait allumé des bougies sur la table et il y avait la vieille lampe-tempête de mon grand-père posée devant l'icône de la Vierge de Notre-Dame-des-Affligés. Sviéta ? Elle est devenue serpente, elle se cambrait et regardait le cerne de sa croupe vacillante, souple, projetée sur le mur de rondins par la flamme des bougies. Le tremblement des ombres sur les murs, au plafond, sur la porte l'excitait comme une chienne de traîneau samoyède. Elle est devenue une ombre. Une ombre, c'est attaché à son objet, ça essaie de s'échapper, ça se tord de douleur, ça supplie qu'on la libère. Elle frémissait, s'assouplissait. Une flamme noire vivante, je te dis ! Et les lueurs donnaient vie à sa peau. Elle miroitait, mon vieux ! Davantage encore que la surface gelée d'un lac saupoudré de soleil à travers les nuages. Sa peau, je ne l'avais jamais vue comme ça. On ne devrait regarder les femmes qu'à la lueur des cierges ou de l'acétylène. Nos aïeux devaient prendre leur pied autrement mieux que nous en forniquant sous leurs tentes, éclairés par leurs mèches à huile. Son ventre ! Piotr ! Son ventre ! Un tapis de prière brossé par les flammes, léché de lueurs. De la neige sous un soleil rasant : le moindre grain en était révélé ! Un jour, je suis allé à l'Ermitage, à Saint-Pétersbourg, avec les komsomols, et j'ai vu comment ce Français, Gauguin – un pauvre cloche syphilitique —, peignait ses vahinés : des grosses filles humides, vautrées dans des barcasses, les membres ouverts, des animaux marins, gonflés de sang, de foutre et de sel. Eh bien ! Sviéta avait cette peau ce soir-là, couleur de bière, de beurre, de caramel chaud, tachetée comme le ventre d'un omble. Tu entends, putain de bite, Piotr. Et cette texture, il n'y a que le pinceau d'un peintre français à pouvoir la rendre ou la lueur des bougies. Je baisais une femme-icône, mon pote ! Je découvrais une autre Sviéta et de sa chatte coulaient de longs filaments. Et l'intérieur de ses cuisses était veiné de traînées d'albumine qui s'argentaient dans les flammes. Même le duvet sur son ventre s'éclaircissait légèrement, rosissait et me faisait penser à l'étoupe d'amadou que l'étincelle allume. Et je n'en pouvais plus de cette palpitation, et je fixais ses yeux, et ses pupilles que la lumière ne fécondait pas, ces deux fentes noires, effrayantes, blessées d'un minuscule éclat de flamme, ces deux fentes de demi-Asiate insondable que le tamisage de la lumière avait rendue soumise. Quand elle a joui, elle a fermé les yeux et j'ai cru que le vent avait soufflé mille bougies.

— Merde, Émile, tu m'excites. On se casse, dit Piotr.

Il se leva, écrasa le feu de sa botte, rangea la bouteille et la hache. Ils quittèrent la clairière et passèrent l'orée. Pendant quelques minutes, ils marchèrent en silence, il fallait s'extirper de la torpeur, lutter contre l'instinct qui appelait à revenir auprès des braises, il fallait replonger dans l'immonde nuit, réhabituer le corps à la mécanique de la marche, laisser la chaleur de l'effort se répandre. Ils avançaient, précédé chacun d'un panache de vapeur.

— Émile, enfin, pourquoi on fait ça tous les deux ? Vous n'aviez qu'à recommencer avec vos fantasmes d'igloos et de lampes à graisse de phoque.

— Ce n'est plus pareil, mon vieux. Ils ont rétabli le jus, on entend la radio des voisins. Il y a la putain d'enseigne du magasin en face de chez nous. Les veilleuses des appareils électroniques clignotent. Et puis, elle, elle ne résiste pas, elle regarde la télé jusqu'à 11 heures. Pour elle, les bougies, c'est un secours. Moi, je lis au lit en l'attendant, après, on baise sous un néon clinique. J'ai retrouvé ma femme, j'ai perdu une salamandre.

Ils débouchèrent soudain sur une tranchée large de trente mètres au milieu de laquelle courait une ligne électrique. Émile fit asseoir son ami sur le sac, à la lisière des arbres, et fureta longuement à l'orée de la saignée. Il revint, claironnant :

— J'ai trouvé un cèdre haut de trente mètres, il fera l'affaire.

Mettre en œuvre la tronçonneuse et couper l'arbre prit vingt minutes. Le cèdre oscilla quelques secondes et dans un craquement de colonne vertébrale s'abattit sur la ligne électrique. Une succession d'étincelles indiqua que le fil s'arrachait de ses attaches et cinq poteaux furent couchés sous la violence du choc.

— Voilà, mon vieux, le temps qu'ils trouvent l'endroit et réparent les dégâts, on a au moins quatre ou cinq jours. Viens vite, rentrons !

Piotr ajusta le sac sur ses épaules et, mettant ses raquettes dans la trace de l'aller, soupira :

— *Davaï*, mon salaud de cochon, allons-y, ne fais pas attendre Sviéta.

LES ÉGARDS

> Allez-y, – dit-il, – je vous offre un verre. À tous !
>
> ARAGON,
> *La semaine sainte*

À un moment, n'en pouvant supporter davantage, je pris la parole :

— Écoutez-moi, les gars, j'ai quelque chose à vous dire. Yuichiro M. était un Japonais de vieille souche, un sage, un maître. Il affectionnait le bushido, l'île de Shikoku et l'alpinisme. Il lisait sans doute Mishima et les poèmes de Li Po mais, de cela, nous ne parlâmes jamais. Quand je le rencontrai, sur le quai de la gare de Dijon, il avait quatre-vingt-huit ans et de longs cheveux blancs encadraient son visage de guerrier du shogun. Trente ans auparavant, il était venu en France, invité par une station de sports d'hiver, pour raconter son ascension de l'Everest. Son film ne durait pas très longtemps. On le voyait parvenir à pas lents au sommet. Là, il chaussait ses skis et l'on comprenait qu'il allait se précipiter dans la face sud. Il faut se représenter une paroi entrecoupée de barres rocheuses, de pentes de glace, haute de deux mille mètres : le simple fait d'envisager de skier sur le versant était une folie. Yuichiro n'hésitait pas, s'élançait dans la pente, tout schuss. On entendait un cri – était-ce *banzai* ? Le Japonais déclenchait soudain l'ouverture d'un parachute et une corolle multicolore se déployait dans son dos, mais ne le ralentissait pas. Les deux minutes qui suivaient étaient pénibles. Le skieur traînait sa fleur de tissu, rebondissait sur les affleurements, poursuivait son inexorable plongeon, à la limite du décrochement. Au début, il parvenait à rester debout sur ses planches mais, très vite, il versait sur le côté et glissait, sur le dos, les pieds en avant. Il perdait ses skis : dans le coin droit de l'image, on distinguait les deux planches tournoyant dans le vide. Le parachute raclait la neige et Yuichiro, dans un geste pathétique, tentait de saisir les suspentes. Essayait-il de se raccrocher à son chiffon dérisoire ? Il sautait une barre rocheuse, se retournait, tête dans la pente, et la chute continuait. L'homme au bout de sa toile était un pantin désarticulé avec lequel la montagne s'amusait. Puis la pente mourait et la dégringolade cessait. Lorsque son équipe de soutien le rejoignit, persuadée de ramasser un cadavre, Yuichiro eut une phrase héraclitéenne : « Ai-je réussi ? Ai-je échoué ? Et qu'importe ? » Le film avait eu beaucoup de succès, les gens regardaient Yuichiro comme un samouraï moderne qui avait dédié ce geste absurde à la beauté de l'Everest, appelé *Sagarmatha*, la « Déesse mère du Monde », par les Népalais.

« Il était donc revenu en France, trente années plus tard, invité à Dijon par une association qui projetait des films d'aventures. Il venait d'escalader l'Everest à l'âge de quatre-vingt-huit ans, devenant ainsi le doyen des vainqueurs. Nous étions trois ou quatre à l'attendre sur le quai de la gare. Il descendit de voiture vêtu d'un anorak et d'une paire d'après-skis, et il y eut un moment irréel. Il se tenait sur le quai, contemplant les environs de la gare d'un air incrédule. Il tournait la tête à gauche et à droite sans prononcer une seule parole. Il n'avait pas fait attention aux détails de notre invitation et pensait revenir là où il avait débarqué trente ans auparavant : dans une station de ski. Sa stupéfaction venait de là : il n'y avait plus de montagnes… Il présenta son nouveau film et tout le monde fut enchanté. Il avait conquis l'Everest pour la seconde fois, alourdi du poids de son âge, plus de trois quarts de siècle. Tout au long de l'ascension, il avait fait cordée avec son fils, lui-même âgé d'une cinquantaine d'années. La séquence finale les montrait tous deux debout sur l'arête sommitale. Ils débouchaient sur la crête après des jours de lutte. Et le fils, qui avait fait la course en tête, monté les tentes dans la tempête et ouvert la trace dans la neige profonde, le fils, soudain, s'effaçait sur le côté et, d'un geste, à huit mille huit cents mètres d'altitude, s'inclinant légèrement, invitait son père à passer devant lui pour fouler le sommet le premier.

« Il y eut aussi Leplan, que je rencontrai à peu près à la même époque. Loïc Leplan. Un athlète de renom international. Il avait atteint la profondeur de cent soixante et onze mètres en une apnée de quatre minutes ! Il plongeait avec une gueuse, un poids fixé à un câble qui l'entraînait vers le fond. Ayant atteint son point limite, il déclenchait un système de ballon gonflé d'air qui le ramenait à la surface. Il s'entraînait toute l'année devant le port de Nice, habitait un appartement du vieux quartier et promenait parfois sa silhouette efflanquée dans les garrigues de l'arrière-pays, où il pratiquait le yoga à l'ombre des chênes verts ou sur les dalles de calcaire du baou de Saint-Jeannet. Contrairement à certains de ces marins au long cours ou de ces himalayistes trop boucanés par les photons pour aligner trois mots, il savait parler de ses incursions dans les fosses liquides. Attablé avec ses amis dans un bistro de la place Garibaldi ou bien devant le public d'une conférence, il évoquait son art, au carrefour de la performance esthétique, de l'exploit physique et de l'expérience mystique. Esthétique, parce que l'ondulation des palmes dans la nuit du grand bleu était un mouvement parfait. Physique, parce que jamais un homme nu n'avait atteint des parages plus éloignés de son milieu vital. Mystique, parce que, à grande profondeur, l'être éprouvait sa propre dissolution dans l'indifférencié. Loïc décrivait l'apnée comme l'activité qui libérait le corps de la pesanteur et l'esprit de toute préoccupation. Plonger diluait l'identité dans la matrice de la mer. Il racontait le mystère de ces instants où « le temps se dilatait, conférant aux trois ou quatre minutes d'apnée l'épaisseur d'une éternité douloureuse ». Il aimait rappeler que l'être humain était une masse liquide et que l'apnée constituait une réincorporation des cellules dans le bain originel, un retour aux sources, un voyage à rebours vers l'immémorial. Il célébrait le goût du sel dont nos larmes gardent une empreinte mnésique. Il décrivait la jouissance de pénétrer l'eau noire tel un projectile s'enfonçant dans le mercure. Il parlait de cette impression, une fois passé les quarante mètres, de franchir la frontière d'un royaume d'ombre et de néant. Il évoquait cette « mission contre nature » consistant à convoyer quelques litres d'oxygène jusqu'en des ténèbres benthiques où ce gaz n'avait pas droit de cité. Il savait qu'il soulevait un coin du voile en s'immisçant dans les profondeurs. L'Évolution n'avait pas prévu de telles incursions et il n'était donc pas anodin qu'un œil humain fracasse le tabou, découvre des paysages hors de sa portée naturelle. Ces coups de sonde perturbaient le poème, pour parler comme Ernst Jünger dont il aimait l'hermétisme. Il évoquait froidement l'embolie, le danger du pétillement de l'azote dans les artères, la mort, en somme, par transformation du sang en écume, et il se resservait un verre de vin rouge, à la stupéfaction de son auditoire qui venait d'entendre un prêche d'outre-monde et se rendait compte que son auteur buvait ferme, fumait sec et s'accommodait joyeusement de l'existence à l'air libre. Il est mort à l'entraînement, d'un défaut de manœuvre, à la remontée, l'hiver dernier. Ce jour-là, Nice vibrait de mistral. Le vent froissait les palmiers dans un bruit d'averse et, sur la Promenade des Anglais, personne ne sembla s'apercevoir qu'un génie venait de s'empoisonner de ses propres émanations. Deux ans auparavant, la rédaction d'un journal l'avait invité en Afghanistan pour participer à un reportage. Les talibans avaient dynamité les bouddhas de Bamiyan, les Américains les avaient défaits et le pays entier communiait dans l'espoir de sa reconstruction. Loïc devait suivre une équipe de reporters et de photographes à travers le pays hazara jusqu'aux Band-e Amir. Ces lacs naturels s'étageaient en un fantastique escalier dont les marches nacrées, calcifiées, séparaient les déversoirs. L'eau cascadait d'un lac à l'autre et chaque réservoir apportait le crédit de son remplissage à la pièce d'eau étalée en dessous de lui. Les Afghans tenaient l'endroit pour un haut lieu spirituel et la tradition affirmait que les Band-e Amir, gouffres sans fond, communiquaient avec le centre de la Terre. Le rédacteur en chef voulait que Loïc plonge en apnée, touche le fond et infirme la légende. Loïc avait lu Kessel, Kipling et Majrouh, et avait bouclé son sac. Il avait traversé la Turquie et l'Iran en bus, avait passé la frontière près de Herat et gagné la région des Band-e Amir par la route du centre avec l'équipe des journalistes. Il avait longtemps rôdé autour des lacs, dans la blancheur de l'été hazara, fomentant sa plongée, tenant à percer le secret de ces eaux mortes qui plaquaient leur turquoise sur la steppe harassée. Puis, un jour, il s'était décidé. Assis en tailleur sur la rive de la pièce d'eau la plus élevée, il avait commencé ses exercices de respiration. Des milliers de villageois, massés sur la berge, contemplaient l'ange blond sur les dalles de calcaire. À 15 heures, il avait chaussé sa monopalme et s'était enfoncé dans les eaux céruléennes. Une minute, deux minutes s'étaient écoulées et, déjà, les Afghans se poussaient du coude, murmurant qu'on ne le repêcherait pas. Puis, soudain, l'eau avait frémi et, après deux minutes trente, Loïc avait crevé le miroir. Au chef du village, il raconta n'avoir pas réussi à atteindre le fond et il y eut des sourires dans les barbes des Anciens et des murmures d'approbation dans l'assistance enturbannée. À nous, il révéla que les Band-e Amir jaugeaient quarante-deux mètres de profondeur. Il nous avoua aussi avoir saisi un galet en touchant le fond du lac mais l'avoir lâché juste avant de revenir à la surface pour ne pas ajouter, à la goujaterie de déranger les esprits du lac, l'injure de bafouer les croyances des hommes en turban qui guettaient le retour de l'homme-poisson, accroupis sous le soleil.

« Et enfin il y a Oates, mon préféré, *a perfect British*, un ancien soldat, blessé pendant la guerre des Boers, un pur, un martyr, un saint peut-être ? En 1912, il faisait partie de la petite équipe de cinq hommes arrivés au pôle Sud avec le célèbre Scott, au terme d'une marche de plusieurs mois. Ils avaient halé de lourds traîneaux par des températures de – 30° dans une neige épaisse. Scott était un pur produit de la Royal Navy, avec toute la fierté de l'Empire brillant dans le regard et un menton plus proéminent que la Cornouailles. Avec ce qu'il fallait de rigidité pour corseter l'intelligence et ce qu'il fallait de conformisme pour brider l'énergie. Il ne se serait jamais abaissé à employer des chiens de traîneau pour parvenir au bout de ses conquêtes. Comme tous les officiers de Sa Majesté, il trouvait plus aristocratique de s'épuiser dans les congères, harnaché à des charges insensées. Dans la Navy, ils appelaient cela le *manhauling*, la « traction humaine », et trouvaient je ne sais quel honneur à peiner comme des esclaves nubiens là où des attelages auraient enlevé les étapes avec allégresse. Ô comme ils avaient dû se regarder stupidement en ce 17 janvier de l'année 12, tous les cinq, debout sur le pôle Sud ! Car ils venaient de manquer la gloire d'un cheveu. Un drapeau flottait déjà. Ils l'avaient repéré depuis longtemps. On les avait coiffés au poteau. Le pôle échappait à la Couronne. Le Norvégien Amundsen les avait précédés d'un mois et il avait laissé comme trace de son passage une tente de toile, un mât haubané de noir et une lettre adressée au roi Haakon qu'il avait le cynisme de demander à Scott de bien vouloir acheminer ! Amundsen avait conçu son voyage en commando, Scott en biffin. D'un côté la rapidité, la légèreté, l'adaptabilité et les méthodes apprises par le Norvégien dans l'Arctique. De l'autre, la discipline, la logistique industrielle et la certitude de la supériorité des Sujets de la Couronne sur les Lois de la Nature. Le Norvégien avait utilisé des chiens, à l'image des peuples hyperboréens qu'il ne méprisait pas… Sourd aux mises en garde des explorateurs polaires, l'Anglais, lui, s'était opiniâtré à atteler des poneys mandchous pour convoyer son matériel avant que les hommes ne prennent le relais. Il avait refusé d'emprunter leur art du traîneau aux peuples primitifs. Un Eskimo aurait-il eu quoi que ce soit à apprendre à un lord ? Amundsen avait mené sa *Blitzkrieg* sur la calotte sans accrocs, glissant sur la glace et sur les difficultés avec la même maestria. Le pôle, il ne l'avait pas conquis, il l'avait raflé. Scott, lui, s'était empêtré dans sa lourdeur martiale, avait accumulé les retards, les erreurs. Et à présent, pantelant, épuisé, lui, l'Officier de Sa Gracieuse Majesté, se tenait sur le sommet de la Terre, humilié par un voyou viking leader d'une bande de dresseurs de clébards. Et, pour couronner le désastre, l'hiver austral allait s'abattre sur le désert blanc. La retraite des cinq Anglais commença le 19. Au bout de quelques jours, ce fut une déroute. Il fallait à Scott et à ses hommes gagner le camp de base – le salut – à mille deux cent quatre-vingts kilomètres de là. Sous-alimentés, harassés par des mois de privations, ils titubaient sur le plateau, harcelés par les tempêtes, réduits à l'état de demi-squelettes. L'hiver lança ses premiers assauts avec un mois d'avance, cette année-là. La nuit, le mercure tombait sous les – 40 °C. Les hommes abattaient à peine une dizaine de kilomètres par jour. Evans, le premier, tomba sur la neige et ne se releva pas. Scott, qui n'abandonna jamais le flegme de tout ancien élève des écoles d'officiers britanniques, nota dans son journal : « Combien poignante est la disparition d'un compagnon. » Tu parles d'une épitaphe ! Les soldats victoriens tenaient alors tout épanchement affectif pour une maladie honteuse. Ensuite, ce fut une question de jours. Les forces déclinaient à proportion de la dégradation du temps. Ils quittèrent le plateau continental mais la banquise opposa à l'escouade sa herse défoncée. Finalement, ils moururent tous de froid, de fatigue, de découragement à moins de vingt kilomètres du dernier dépôt. Scott trouva la force d'envelopper ses amis dans leurs sacs de couchage et d'écrire quelques lettres à l'héroïsme parfaitement glacé. En les lisant, on balance entre l'admiration devant l'abnégation et le dégoût pour la sécheresse d'âme.

« Mais je veux en venir à Oates. Scott, Wilson et Bowers, eux, s'éteignirent le 29 mars. Quelques jours avant, le 16 ou le 17, selon le journal du chef, Oates, dont les pieds avaient gelé, n'avançait plus. Il ralentissait ses camarades. Il le savait et, plusieurs fois, les avait suppliés de l'abandonner. Ses compagnons refusaient. Un Anglais ne laisse pas un Anglais derrière lui. Un matin, sous la tente, dans les mugissements du blizzard, persuadé que ses compagnons accéléreraient sans lui et réussiraient à atteindre le dépôt de vivres, Oates décida d'en finir. Il quitta la tente en lançant ces mots : « Je sors et serai peut-être quelque temps dehors. » Scott dans un ruissellement de lyrisme salue dans son journal « l'acte d'un homme courageux et d'un gentleman ». On ne retrouva jamais le corps de celui qui, à la manière des samouraïs de l'empire du Soleil-Levant ou des vieillards inuits, s'abîma dans le néant pour le salut de ses compagnons.

— Mais pourquoi nous racontes-tu tout cela, Jack ?

— Parce que, lorsque des mecs comme vous proposent de partager l'addition et pinaillent sur les verres de vin, je ne sais pourquoi, il me vient toujours à l'esprit l'image de Yuichiro, de Leplan et d'Oates. Trois mecs qui vous auraient tous invités.

LES PITONS

J'ai demandé la lune au rocher.

STÉPHANIE BODET

Rien de pire que de se faire brûler la politesse. On s'imagine être le premier, un salaud vous a précédé. Des filles prétendument vierges sont ainsi mortes sous les coups d'amants qui se pensaient défricheurs. Ces brutes ont cependant des circonstances atténuantes : imaginez Armstrong descendant l'échelle du module et trouvant une trace de pas dans la poussière lunaire menant à un drapeau rouge frappé du marteau et de la faucille ! Ou bien un couple adamique devant un pommier déjà pillé…

Lorsque nous arrivâmes au sommet de la Takkakor, on se sentit floués, Jack et moi. Puis Jack répéta au moins dix fois :

— Ça se peut pas ça se peut pas putain ça se peut pas.

Et il marmonnait ça comme un mantra bouddhique.

Tout avait bien commencé, pourtant. Jack était l'alpiniste du moment. Américain, il venait de fêter ses trente-quatre ans sur le pilier de la Walker, dans les Grandes Jorasses, et le *Times* avait publié sa belle gueule avec la mèche blonde échappée de son casque rouge. En une seule saison, il venait d'ouvrir une voie dans la face nord de l'Eiger, de décrocher un record de vitesse sur le granit du Yosemite, une victoire sur le Fitz Roy, en Patagonie, et la main de Marcella Della Monti, mannequin toscan de vingt-deux ans, au corps truffé de surplombs. En outre, il s'était distingué au cours de l'hiver en humiliant l'équipe de secours qui tentait de sauver deux Allemands coincés dans la paroi de la Jungfrau : avec un camarade, il était passé par une voie directe et hasardeuse, et avait secouru les malheureux, en pleine tempête, à la barbe des guides officiels. En regagnant la vallée, il avait déclaré : « L'alpinisme est une manière de régler le problème de l'absurdité de la vie en lui opposant un comportement d'une absurdité supérieure. » Les journaux l'avaient surnommé « le poète des cimes ».

Il écumait les faces nord avec sa silhouette de tennisman, se droguait pas mal sur le plancher des vaches. En attendant une éclaircie, il lisait Milarepa dans de lourds hôtels suisses à boiseries où des mères de famille germaniques et sportives noyaient leur ennui dans le brandy en confiant leur progéniture à des *nannies* anglaises et leur cul au premier champion de ski croisé entre la terrasse et le *lobby*. Jack ne se sentait contraint à aucune fidélité envers Marcella, sautait sur les estivantes et prétendait avoir besoin de baiser pour dissoudre l'adrénaline qui le tétanisait longtemps après être redescendu de ses ascensions suicidaires.

Quand il m'avait demandé si cela m'intéresserait de l'accompagner dans le Sahara pour s'attaquer à une aiguille de granit qui l'obsédait, j'avais pris l'air offusqué : « Si tu me poses la question, c'est que tu doutes de moi ! » J'avais obtenu un mois de congé à la librairie et avais retrouvé Jack à l'aéroport, chargé de deux cantines en métal remplies ras la gueule de pitons. Dans la queue du portique de sécurité, je découvris que Marcella Della Monti était du voyage. Jack ne m'en avait rien dit, il était coutumier du fait, il ne fallait rien attendre de lui. « L'alpinisme est sans explications », avait-il coutume de dire – « comme la vie » ! L'avion nous arracha tous trois et vola vers le sud.

La Takkakor se dressait au milieu du massif du Hoggar, plantée dans une nappe de sable recuit. L'aiguille de quatre cents mètres de haut se détachait de la masse de la Garal. Au temps des verdeurs sahariennes, quand la région était coiffée de roseaux, peuplée de bêtes aquatiques, des plantes grimpantes avaient dû prendre d'assaut ce tuteur. À présent, le phare veillait sur le néant.

« On dirait la tour de guet d'une cité morte », avait dit Jack. Marcella avait parlé d'une tour de Pise rectifiée. Moi, je pensais plutôt au style monstrueux d'un cadran solaire saharien, mais je n'avais rien dit car les hôtesses apportaient à boire.

Jack m'avait donné la seule image qu'il possédait de la Takkakor, une reproduction en noir et blanc, éditée dans un magazine. Cette photo avait mis le feu à ses poudres : il avait décelé une ligne de faiblesse dans la paroi, une fissure striant la face sud jusqu'aux surplombs sommitaux contre lesquels elle venait buter. Jamais photo ne fut davantage scrutée par un œil humain. Je la détaillai pendant les quatre heures du vol qui nous menait à Alger. Jack, lui, descendait des gins en zieutant les hôtesses, la main droite sous la jupe de Marcella. Il daigna jeter un coup d'œil par le hublot, au-dessus de la Méditerranée, pour s'assurer de la supériorité esthétique des montagnes sur les moirages maritimes.

— La mer, c'est vraiment con, avait-il dit.

— Il y a de beaux hôtels autour, tout de même, avait dit Marcella.

— Et de sacrées montagnes dedans, avais-je ajouté.

Jack et moi nous étions rencontrés au refuge de l'Aigle, sous la Meije, un soir où le vent arrachait les congères sur les arêtes. Le gardien était fébrile, on avait signalé deux alpinistes au sommet du Doigt de Dieu. Jack était sorti à minuit : « Je vais les chercher. » Il était revenu à 6 heures du matin avec les deux types au bout de sa corde, deux Lorrains hagards qui regrettaient d'avoir quitté le bassin houiller. J'avais bien aimé sa manière de forcer les deux revenants à offrir dans l'aube une tournée générale de vin de Savoie. Il avait réveillé les occupants du refuge, les avait convaincus de descendre des châlits pour vider des verres à la santé de n'importe quoi. En basculant dans la vallée quelques heures plus tard, fuyant les rafales, nous avions conversé. Il m'avait parlé d'un livre en chantier : le récit d'une ascension dont chaque séquence symboliserait une pulsation de l'existence, de la naissance à la mort en passant par l'adolescence et l'âge mûr. Je lui avais dit que c'était prétentieux, qu'il devrait se contenter de raconter une grimpée, sincèrement, sans allégories. Il m'avait écouté, il était venu me voir à la librairie quelques mois plus tard en me tendant une rame de feuillets titrée *Dans la paroi*. « Une journée de lutte dans l'ozone », avait-il commenté. Le livre avait été publié et Jack m'en avait su un gré immense. Il m'avait emmené gravir quelques faces où il nous était arrivé une chose rare : on s'était entendus à merveille. On parlait peu, on se refusait tout conseil, on s'épargnait toute confidence. Pas un geste d'humeur, pas un reproche, pas un jugement, nulle familiarité : on se côtoyait en se foutant la paix. La distance est l'ingrédient des amitiés vraies.

L'avion atterrit et ce fut pour nous le début des longs brinquebalements. À Alger, on loua un Berliet gris. On laissa El-Goléa et In Salah derrière le voile de poussière accroché au cul du camion. Passèrent des oasis rétamées de soleil. Le ciel était sans espoir et l'horizon se dissolvait derrière une brume de sable. Le soleil était un point mortel qui terrassait la joie. La chaleur affolait nos cœurs, accablait la pensée : qu'espérer de la vie par 40 °C ? Et puis ce fut le poste de Nefrout au-delà duquel il n'y a plus d'essence jusqu'à Tamanrasset. Nous avalions la piste sans marquer d'arrêt, nous relayant au volant. L'air du désert nous craquelait les lèvres, le printemps était anormalement chaud, le désert en fièvre. Après des heures de route, les yeux injectés, Jack ressemblait à un capitaine de l'armée d'Afrique, un de ces loups efflanqués qui avaient réussi à faire du vide leur royaume. Marcella couvrait son corps de foulards écrus et, dans les courants d'air levés par la vitesse, le tissu flottait autour de son corps osseux comme les rubans d'une momie d'Égypte dans le vent des cryptes. Elle passait la journée à s'enduire de beurre de karité avec des gestes d'amour envers ses propres membres. On s'écroulait à l'arrière du camion et on somnolait, bercés dans le souffle chaud, affalés sur les cordes, songeant aux souffrances qui nous attendaient sur la paroi. Mais c'était l'aventure et nous n'avions pas peur. Le soir, dans les oasis, on écoutait le froissement des jusquiames en piochant mollement dans des coupelles de dattes et les palmes époussetaient les étoiles. Ces jouissances fugaces ne nous seraient d'aucune utilité plus tard. Le bon temps, comme l'énergie, ne se stocke pas. Les moments heureux ne sont pas des viatiques pour l'avenir.

— On pensera à cette fraîcheur là-haut, dis-je.

— On aura autre chose à foutre, dit Jack.

— On la regrettera, dit Marcella.

Il fallut une semaine pour rejoindre Tamanrasset, trouver El Mouloud, notre guide, et Brahim, le cuisinier, embarquer dans le camion deux cents litres d'eau, quelques chèvres vivantes et gagner le pied de la Takkakor.

L'aiguille était un monstre. Elle apparut soudainement, au-dessus de nos têtes, plantée dans le sable, rayant les nuages.

— Un totem des temps immémoriaux, dis-je.

— Un phallus au milieu des croupes, dit Marcella.

— Un pieu de chasseur de vampires, ajoutai-je.

— Moi, il me fait bander, dit Jack, je suis un homosexuel géologique.

Des troupeaux de barkhanes se déplaçaient en sifflant sur les glacis. L'immense reg déployé vers le nord, patiné de chaleur, était une carapace striée parfois par la pelade d'une déflation. Et dans ce paysage terrassé de chaleur, harassé de vieillesse, l'œil distinguait un frétillement : une araignée ou un scorpion se hâtait vers un trou de sable. Les jumelles confirmèrent l'intuition de Jack : une fissure serpentait de bas en haut, tantôt large comme un bras, tantôt plus fine qu'un ongle. On devait pouvoir passer.

— Il faudra des pitons extraplats, murmura Jack pour lui-même.

— On pourrait être aux Belles-Rives, à Juan-les-Pins, dit Marcella.

— Il y avait la mer ici avant, dit Jack.

— Ça ne me console pas, dit Marcella.

— Elle reviendra un jour, dis-je.

— Je ne l'attendrai pas, dit Marcella.

On s'entraîna trois jours sur des petites parois. Nous avions installé notre campement à l'abri de blocs rocheux, c'est-à-dire que nous avions jeté des burnous sous un carré d'ombre. Le soir, les Touaregs creusaient un trou dans le sable, allumaient un feu de broussailles, préparaient du thé, et leurs faces noires léchées par les lueurs, fendues de la cicatrice des sourires, semblaient des masques de guerre prêts pour une fête sanglante. Après un dîner de viande nous fumions en étendant nos jambes meurtries par les longueurs d'escalade et regardions les étoiles aspirer les escarbilles. La voie lactait la nuit.

— Il y a peut-être une vie dans ce foutoir, là-haut, mais y a-t-il des montagnards ? demandait Jack.

— Les populations extraterrestres ont-elles une littérature de science-fiction ? demandais-je.

— Comment baisent-ils ? demandait Marcella.

— Encore du thé ? demandait El Mouloud.

Je crachais la fumée de nos havanes trop secs vers le ciel : un écran vaporeux sur le cristal pilé des constellations. Puis, immuablement, Jack se levait d'un bond et attrapait Marcella par la main, sans un mot. Je remarquais que les Touaregs cessaient de converser. Ces salauds-là ne voulaient rien perdre de ce qui allait se passer. D'abord un long silence s'abattait, épais, fracturé seulement par les craquements du feu. Puis l'oreille percevait des gémissements lointains. Le premier soir, je les avais pris pour des feulements de fennec. Et puis des halètements et puis des hurlements coupés d'insanités nous parvenaient du fond de la nuit. Jack avait l'amour brutal et pas très inspiré, il crachait ses insultes en croyant que trois cents mètres suffisaient à l'isoler. Il oubliait que le désert porte les sons. J'avais d'abord été gêné pour les Touaregs, le jour de notre arrivée, mais j'avais été surpris de voir nos guides baisser la tête et regarder le feu avec gravité pendant que les deux autres se déchaînaient et que fusaient les « salope ! ». Pour eux, l'amour était encore une chose sérieuse, solennelle – qui sait ?

Je n'ai jamais aimé faire l'amour dans la nature. Les étreintes de plein air me dégoûtent… Le foin pique la peau, l'herbe marque le gras des cuisses, le soleil brûle le dos, les buissons hypocrites camouflent les voyeurs, et même la tente n'est d'aucun secours avec son nylon qui colle à la peau. Je me souviens d'un jour à

Oxford : elle était anglaise et le gazon grattait, nous étions sous un saule, près d'un embarcadère. Je m'aperçus soudain qu'une famille de colverts nous matait et j'en fus plus gêné que si c'était ma mère.

Un matin, Jack se réveilla à 5 heures et claironna qu'on partait « à l'assaut de ce putain de bitard ». Nous préparâmes le matériel sur de larges nattes étalées dans le sable. Les Touaregs observaient les pitons, disposés sous le soleil comme les sardines argentées des vendeurs du matin dans les ports des Cyclades. Eux ne montaient pas sur les citadelles du désert. Ils se contentaient depuis des siècles de glisser au pied des ruines de basalte, silencieusement, conduisant leurs caravanes tristes, de l'ombre d'un acacia à un puits d'eau saumâtre, et les géologies n'étaient pour eux que des sentinelles sans compassion pour les affaires des hommes, pas des herses à inscrire au tableau de chasse de la volonté et de l'orgueil.

À 10 heures du matin, nous fûmes prêts. Jack, torse bardé de sangles, baudrier alourdi de pitons, le marteau au bout de sa garcette, empoigna la fissure et s'éleva de quelques mètres. La bataille dura huit jours. Il forçait les passages en escalade libre, ne plaçant ses pitons que pour retenir une chute. Il grimpait en lézard, collé au rocher, développant parfois ses mouvements avec des grâces de chat ou jetant toutes ses forces dans la fuite en avant, sans rien savoir de ce qui l'attendait, risquant de chuter de six, sept ou dix mètres sur un morceau de métal mal arrimé. Mais l'alpinisme est ce jeu du hasard, de la peur et de la force, et Jack ne se trouvait jamais autant en possession de lui-même que dans ces moments où ses doigts se crispaient sur des prises fuyantes, au-dessus d'un vide que je trouvais hideux. Je suivais en tirant sur la corde, je n'avais pas les prétentions éthiques de Jack. Lui se refusait de gagner le moindre centimètre de paroi en usant de moyens artificiels. Nous suivions le rail de la fissure, elle était le chemin, notre ligne de vie. Elle sinuait dans les dalles, serpentait dans les bombements, fendant l'aiguille en sa longueur. Jack redoutait les sections où, trop ouverte, elle lui interdisait les coincements de main et le forçait à des contorsions épuisantes. Je restais des heures suspendu aux pitons des relais, lui distribuant la corde au fur et à mesure de sa progression. Il fallait peupler ces jours vides, sans formes ni contours. Je détaillais les grains du porphyre, songeais aux convulsions qui avaient accouché de ces bastions – les connaissances géologiques suppléent bien au défaut de vie intérieure. Je regardais les filandres des nuages, pensais aux mornes jours à la librairie, à ces clients décourageants, à ces dames trop grosses, incapables de se souvenir du titre du livre qu'elles croyaient devoir lire à tout prix. Je regardais le campement, distinguais les masses bleues de Brahim et d'El Mouloud allongés à l'ombre d'un bloc, et la silhouette blanche de Marcella qui nous suivait aux jumelles. Parfois, une ombre me fusait dans le dos et, d'instinct, je me recroquevillais sur moi-même : Jack purgeait la paroi et balançait dans le vide des blocs gros comme des voitures qui explosaient sur le parvis rocailleux de l'aiguille après avoir fendu l'air brûlant. Le soir, aux dernières lueurs, nous descendions en rappel et touchions le pied de l'aiguille à la nuit noire, éclairé par nos frontales, et je n'en revenais pas d'être encore en vie et je jouissais de la perspective d'une nuit sans danger. Les étoiles tremblaient dans l'univers et nous marchions vers le camp, euphoriques, le cou gonflé de sang. Et nos veines saillaient sur nos gros avant-bras et je sentais les battements de mon cœur dans la pulpe des phalanges à vif. Jack préparait les pitons du lendemain, se crémait les mains martyrisées par le rocher, puis, avec un rictus de loup, il s'avançait vers le feu où l'attendait Marcella alanguie, tiédie par les flammes. Marcella, sa récompense.

Un jour nous l'emmenâmes avec nous. Elle monta trois cents mètres le long des cordes fixes que nous avions laissées sur la paroi. Jack nous installa au relais et se lança dans une section de roches délitées.

Ce jour-là nous restâmes huit heures sans bouger, Marcella et moi. Je sentais l'odeur du soleil sur sa peau. On ne parla pas beaucoup mais, par la suite, une fois rentrés en France, je songeai que peu de gens peuvent se targuer d'avoir passé une journée entière côte à côte, accrochés à deux lames de métal au-dessus de trois cents mètres de vide, et que ce voisinage rapprochait les êtres davantage que des années de gin-fizz partagés à la terrasse des cafés. Je la plaquais contre la face quand Jack nous décochait une grêlée de blocs qui sifflait à trois mètres de notre dos. Toutes les deux heures, je lui donnais un peu d'eau, l'aidais à changer de place sur la vire minuscule de roche où nous nous tenions, naufragés. J'étais l'écuyer de la Dame pendant que son chevalier, l'autre dingue, au-dessus de nos têtes, cherchait une faille dans le rempart.

— C'est un sport de suicidaire, dis-je.

— Ce n'est pas un sport, dit Marcella, c'est le seul vrai amour de ce mec.

— C'est un mode de vie, ajoutai-je.

— Une façon de crever, dit-elle.

— C'est un art, dis-je.

— C'est une névrose, dit-elle.

— C'est pareil, dis-je.

— Ça gagne moins, dit-elle.

Quand Jack nous rejoignit dans la nuit, pendu au bout de sa corde, claironnant qu'il avait passé la longueur et installé un relais, quarante mètres plus haut, Marcella lui cria : « salaud », et je compris qu'elle précipitait tout son amour à cet instant précis où son homme, redescendant du ciel, conjurait le malheur et repoussait de quelques heures l'inévitable deuil.

Le lendemain Jack se déchaîna. Marcella était restée en bas et avait commencé à replier le matériel car Jack avait assuré qu'on serait au sommet le soir même, qu'on redescendrait dans la nuit et qu'on pourrait rentrer le lendemain. « Il me faut une cuite », avait-il ajouté.

Les bombés sommitaux avaient failli nous repousser. À leur pied, l'œil ne distinguait aucune faiblesse. Un bourrelet de rocher compact ourlait le sommet de l'aiguille comme la corolle d'un champignon. Inspiré par les djinns, prenant tous les risques, dansant à huit ou dix mètres au-dessus de vagues protections, arrachant les écailles pourries qui hérissaient le rebord des surplombs, gueulant des insultes dans l'air rouge, Jack avait arraché chaque mètre à la dernière défense de la Takkakor. Il avait disparu de mon champ de vision. La corde s'était immobilisée longtemps entre mes mains. L'écho m'avait apporté les coups sourds du marteau. Soudain un hurlement avait fendu la pénombre : « Sommet. »

Je l'avais rejoint à toute vitesse, tirant sur la corde. Le sommet était une vaste terrasse plate, légèrement inclinée vers le nord. En débouchant là-haut, c'est moi qui les avais découverts. Le faisceau de ma lampe frontale avait accroché leur éclat. Deux pitons à lames fines, oxydés par les années, reliés par une cordelette usée jusqu'à l'âme, étaient plantés dans une fissure, juste à côté de Jack. Trop excité par sa victoire, trop occupé à m'assurer, à organiser son relais et à plier ses cordes, il ne les avait pas vus.

— Ça se peut pas putain ça se peut pas putain ça se peut pas.

Nous arrachâmes les deux pitons à coups de marteau et installâmes nos ancrages pour amorcer les rappels. Puis nous plongâmes dans la nuit le long de nos cordes. Cinq heures plus tard nous gagnions le sable du campement. Nous réveillâmes Marcella et ce qu'elle lança à Jack l'abattit davantage encore que la découverte des pitons du sommet :

— Et pourquoi, mon cher Jack, ne se pourrait-il pas que tu ne sois pas le premier quelque part ?

Il s'appelait Pierre Gondry. Vingt-cinq ans avant nous, il s'était frayé un passage jusqu'au sommet de la Takkakor. Il était passé par la face nord, le flanc que nous n'avions même pas considéré avec Jack à cause de son aspect épouvantablement délité. Mais, à l'époque, on grimpait dans le genre kamikaze. On se lançait dans des châteaux de cartes, des parois branlantes avec la foi des conquistadores. Et les éboulements n'arrachaient pas un cillement d'émotion à cette génération d'alpinistes malapartiens qui avait connu les bombardements italiens et allemands sur les glaciers des Alpes. On montait, on mourait, et, si on passait entre les pierres, on recommençait. Vieillir en paroi, à cette époque, tenait du miracle. Jack m'avait appelé un matin à la librairie, la voix surexcitée :

— J'ai trouvé le mec ! Je sais qui s'est envoyé la Takkakor !

Il avait fouillé les archives du magazine *Montagne et expéditions* des années 1950 et 1960 et trouvé un entrefilet à la date du 20 juin 1957, titré « Première au Hoggar : l'aiguille de la Takkakor gravie en six jours par la cordée Gondry-Armangaut ».

— Ce salaud-là a risqué sa vie dans une pile d'assiettes. Pierre Gondry était un sacré malade à l'époque.

— Gondry, le sénateur ? avais-je dit.

— Ouais.

— Il faut aller le voir !

— C'est pour cela que je t'appelle. Il préside la fondation Mémoire et Résistance, rue de Turenne, je passe te prendre à la librairie tout à l'heure.

Marcella conduisait la petite Fiat bleu turquoise. Les portes étaient cassées, il fallait entrer par le toit ouvrant. Elle roulait comme si elle était dans le grand erg occidental : seule au monde. Jack insultait les automobilistes, distribuait les bras d'honneur aux piétons. J'expliquais à Marcella qui nous allions rencontrer.

Gondry était un de ces serviteurs de l'État irréprochables, une figure tutélaire de la Cinquième. Londres, la guerre, les maquis, les blessures : il avait fait de l'héroïsme son ordinaire. Après 1945, il avait mené sa vie entre la haute montagne et la politique. Il était parvenu à l'excellence dans des domaines aussi antipodiques que le plantage du piton et l'amendement des lois. Il avait tout raflé : les grandes premières en Patagonie et en Himalaya, la présidence du Conseil constitutionnel, le Sénat, un ministère, les directissimes et les hivernales dans les Alpes. Il avait laissé derrière lui deux ou trois compagnons de cordée avalés par les glaciers et pas mal de cadavres politiques. Pendant quelques années, il avait enseigné le droit à la Sorbonne. Il déboulait dans l'amphithéâtre le lundi matin, les mains en sang, après avoir fait tomber une face nord pendant le week-end et roulé toute la nuit, de Chamonix, à fond sur l'autoroute pour être à l'heure devant ses étudiants. Avec cela, la droiture, la morale, l'intégrité, jamais un faux pas, pas une médiocrité. Les sommets, l'État, la Constitution : ce mec ne redescendait jamais. Dans la pureté des cimes, il chercha sans doute à se purifier de l'air vicié qu'on respire sous les ors de l'État.

Il avait des épaules de granit qui roulaient sous ses vestons. Il déparait pas mal dans les Assemblées, parmi les ministres cafardeux, les ambitieux ventrus. En Angleterre, il y a des types comme cela, des colonels Lawrence ou des Wilfred Thesiger qui allient le muscle à l'esprit et n'ont pas tranché entre la réflexion et l'action. Mais en France ils sont rares. À cause de notre dualisme, nous considérons qu'un intellectuel doit être souffreteux et un athlète légèrement débile. Un jour, à l'Assemblée, Gondry avait fait peur aux députés d'en face en chargeant dans les travées avec ses grosses pognes fermées qu'il balançait au bout d'avant-bras gros comme des cuisseaux.

À la fondation, la standardiste eut un mouvement de recul.

— On vient voir le président.

— Vous avez rendez-vous ?

— Non.

— Il faut prendre rendez-vous, voici un numéro…

Jack jeta les deux pitons sur le bureau.

— Non, mademoiselle, on va faire autrement, vous appelez M. Gondry, s'il vous plaît, vous lui dites qu'on a une surprise qui vient du sommet de la Takkakor. Dites-lui simplement cela. Vous allez être étonnée.

Dix minutes plus tard, nous étions dans le spacieux bureau du premier étage de la fondation. Gondry, assis dans son fauteuil, tripotait en silence les deux morceaux de métal tordu. Ses mains rouges tremblaient. Trop de nuits glacées sur les parois du monde lui avaient tari les glandes lacrymales. Il aurait pleuré, sinon, je crois. Nous nous tenions debout, tous les trois, l'air un peu imbécile. Même Jack avait perdu sa superbe.

— Merde alors, murmura-t-il soudain, vous étiez là-haut, vingt-cinq ans après moi. Venez, j'annule tout, on va déjeuner !

La secrétaire n'eut pas du tout l'air d'apprécier la tournure des événements.

— Mais, monsieur Gondry, le rendez-vous avec le général…

— M'en fous, Edwige, vous reportez.

Chez Gascard, il semblait chez lui. Le restaurant était bondé, personne n'osa lui demander s'il avait réservé, les garçons ne moufterent pas et nous conduisirent vers les banquettes du fond. On suivait Gondry avec l'air de trois neveux paumés que leur oncle sortait pour leur faire la leçon. Il tint au plan de table. Marcella à sa gauche, Jack à sa droite et moi devant lui, avec une bouteille de bordeaux entre nous et les deux pitons sur la nappe. Il prit des rognons, Jack une daube, moi un magret et Marcella de l'eau.

— Ces deux petites saloperies rouillées, c'est un des plus beaux cadeaux qu'on m'a faits depuis longtemps, dit Gondry.

— Jack fait toujours des cadeaux qui n'en ont pas l'air, dit Marcella.

— Deux petites lames tordues : ma jeunesse, ma force. Je cognais comme un sourd, vous savez, à l'époque…

— Vous ne vous doutez pas comme on était furieux, dit Jack.

— De vrais gosses, dit Marcella. Pire ! Des chiens ! qui cherchent à pisser les premiers sur le réverbère.

— Vous ne pouviez pas savoir qu'on avait vaincu l'aiguille, dit Gondry. Personne n'a parlé de notre victoire à l'époque parce que la voie n'était pas très belle et qu'on n'en a rien dit en rentrant à Alger. Pourtant on a lutté comme des porcs. Six jours dans une paroi en ruine. Pas une prise solide… une saloperie… j'ai cru mourir à chaque heure. Et puis Armangaut, lui, y est vraiment passé, quelques mois plus tard, à la Verte, dans le couloir Whymper. C'était comme mon frère, c'était mon second.

Gondry buvait et bâfrait ses rognons comme une boîte de corned-beef au camp de base.

— Ce que vous avez fait… dit-il en nous désignant de la pointe de son couteau.

— Ce que Jack a fait, corrigeai-je.

— On l'avait repérée, cette fissure, on s'était dit que personne ne passerait jamais par là. Et vingt-cinq ans plus tard…

— Jack est coutumier du fait : il va toujours là où il ne faut pas, dit Marcella.

— Vous avez forcé une ligne admirable. Vous êtes…

Gondry mourut sur le coup. Il resta droit, le dos calé contre le dossier de velours de la banquette. Son menton tomba doucement sur son torse. Puis, très lentement, il bascula en avant et s'écrasa dans son assiette. Des gens hurlèrent. Marcella but un verre d'eau très lentement. Jack resta silencieux et toucha de l'index l'épaule de Gondry en disant « Hey, man ». Les médecins arrivèrent, parlèrent d'« arrêt cardiaque » et de choses de ce genre. Les pompiers emmenèrent le corps. Une dame dit que c'était une mort magnifique. L'établissement nous fit grâce de l'addition, Jack mit les pitons dans sa poche en partant. Le lendemain, *Libération* titra : « Gondry dévisse », et *La Croix* : « Gondry : la dernière ascension ».

Et moi, je me souviens, dans le silence de mort qui s'était abattu soudain sur la salle, d'avoir fixé longuement les deux pitons rouillés et de m'être demandé si, au fond, nous n'aurions pas mieux fait de les laisser dans la fissure du sommet de la Takkakor où la sécheresse du désert continuerait à l'heure actuelle de les désagréger, lentement, en pleine lumière, sans que le mystérieux équilibre des choses ait été ébranlé.

LE SNIPER

> Il n'y a pas d'erreur plus dangereuse que de confondre la cause et la conséquence.
>
> NIETZSCHE
> *Crépuscule des idoles*

Élise Bouchard n'était pas jolie fille – mais elle avait de la chatte. Avec ses trois plis au cou, elle rendait malades les petits mecs. Une fille des années quatre-vingt. Derrière ses lunettes (plus tard, aux ressources humaines du laboratoire Glacanol, elle opterait pour des lentilles de contact teintées), elle avait les yeux très noirs et plissait les paupières lorsqu'elle parlait à un élève de sa classe. De toutes les lycéennes de la cité, c'était la plus entreprenante et, en ce temps-là, les filles avaient encore le droit d'allumer un garçon sans qu'on y mette le feu. Depuis, en Seine-Saint-Denis, la tradition des bûchers à sorcières avait connu une belle reviviscence et l'on brûlait les filles pour les raisons qui avaient conduit Jeanne d'Arc aux flammes : des histoires de pantalon et de cheveux pas comme il faut.

Lorsque Élise Bouchard décidait de se taper un garçon du lycée, les filles se tenaient à l'écart de peur d'avoir à masquer une paupière violacée sous des imitations de Ray-Ban double barre (la mode, à cette époque). Élise Bouchard avait la cuisse facile et la droite précise. Avec ça, une taille dix ans, quatre jupes d'été pas trop longues et des ogives mammaires qui sortirent à quinze ans du chantier naval de la puberté. Elle dansait en couleuvre et collait son ventre avec science lorsqu'un slow annonçait l'heure des frottements. Elle mettait toute la langue au premier baiser et elle laissa dans le sillage de sa scolarité une traînée de hoquets et de nez cassés. Jusqu'à ce qu'elle rencontre, en classe terminale, Terence Juvenal, un fort en thème auquel elle se voua et dont elle jura qu'il deviendrait son mari.

Personne n'en crut rien et l'on continua à répéter que la Bouchard était une salope.

La section avançait dans le village afghan. Le vent soufflait du nord, les peupliers bruissaient. Leurs fuseaux d'argent rafraîchissaient les cours des fermes. Les canaux reflétaient le ciel, serpentaient entre les murets de galets alluviaux. L'orge des champs ondoyait aux rafales et des plaques de gerbes vert cru se couchaient violemment. Le vent giflait la Terre et les burqas claquaient comme des trinquettes, emportant les femmes sur les rebords des champs. Des chameaux mouchetaient les glacis. Les pentes des montagnes s'échouaient à la lisière des arbres. Au loin, coiffant les hauteurs, le diamant des sommets de l'Hindu Kuch portait un ciel blanc. Et le soleil afghan cuisait cette splendeur. Le lieutenant avait vingt-cinq ans. Il regardait les crêtes et pensait à Mauriac qu'il lisait, le soir, dans sa tente plantée au cœur du poste avancé : un recueil des « Bloc-notes » publiés dans *L'Express* par le vieux chameau catholique et traversés de ce genre d'aphorismes : « Au-delà d'une certaine altitude, il n'y a plus de mauvaises pensées. »

— Comment peut-on écrire pareilles conneries ?

— Vous dites mon 'ieutenant ?

Le jeune officier avait oublié qu'il était relié à ses chefs de groupe par le système Félin de transmission audio, intégré aux casques français depuis le retour de la nation dans l'Otan.

— Rien, Garmish, maintenez les distances.

— Reçu, mon 'ieutenant, dit le sergent Garmish.

« Des conneries d'intellos », pensa-t-il.

Puis il oublia Mauriac et se concentra sur la patrouille. À pas lents, les hommes traversaient le village d'Azamay, jetant des coups d'œil pardessus les murets, vérifiant les puits et les buses des canaux, saluant d'un geste un paysan qui s'en allait aux champs et détournant la tête lorsqu'ils tombaient sur un groupe de femmes, à la cueillette dans un verger. En général, les Afghans souriaient mais, parfois, ils passaient, placides, et les soldats sentaient un picotement dans la nuque et se demandaient si ce type en turban avec sa houe sur l'épaule ne dissimulait pas un de ces salopards inscrits au fichier américain.

Ce conflit, c'était un combat de rhinocéros contre des caméléons.

Mené dans un labyrinthe.

La mission du jour consistait à tâter l'atmosphère, à mesurer le degré d'hostilité des populations. L'état-major donnait le nom de « patrouilles conversationnelles » à ces opérations. En guise de conversations, les attentats se multipliaient depuis l'année 2006. Des snipers logeaient des balles de 7.65 à un kilomètre et demi de distance dans le cortex frontal des soldats français au moyen de fusils de précision Dragunov, vendus mille dollars sur le marché de Peshawar. Ou alors, c'étaient des pièges enfouis au bord des routes qui déchiquetaient les jambes jusqu'au bas-ventre et faisaient exploser les blindés. Le lieutenant trouvait le village trop calme. Il n'aimait pas la fourberie du silence.

Mauriac l'avait mis en boule. La matinée puait.

À 12 h 29, le premier soldat apparut dans le viseur. Suleiman éprouva une acidité dans le bas du ventre. « Des Français ! » L'information était donc exacte, le flic de la police afghane qui les avait renseignés n'était pas un pourri.

— Zafar, appelle le chef, commanda Suleiman.

Grésillement du talkie-walkie.

— Hadji Zaher ? La miséricorde d'Allah soit sur vous. Le *crazy françaoui* vous demande, il les a repérés.

Les hommes d'Hadji Zaher, chef des combattants de la vallée du Wazira, appelaient Suleiman le « Français fou ». Depuis son départ de France, Suleiman avait passé un an à s'entraîner dans un camp pakistanais de la région de Chitral. Puis il avait rejoint un groupe de moudjahidine par les cols de l'est de la Kapisa. Il avait séduit les djihadistes de son unité par sa rage au combat, sa connaissance des textes, son radicalisme, son habileté au tir et le parfum de mystère qui flottait autour du destin de ce guerrier débarqué des banlieues parisiennes où ses compagnons de combat savaient que les filles portaient des ficelles en guise de culotte et en faisaient dépasser un brin du pantalon, en pleine rue. Dans la vie d'avant, Suleiman s'appelait Brahim. Il avait grandi à l'ombre de la tour « Muguet » d'une cité de Drancy, sans voir beaucoup le soleil. De l'enfance, il conservait l'impression d'une chute dans un puits sans fond, prélude à une adolescence sans souvenirs. Les mois passaient là-bas rythmés par un brasier de bagnoles, quelques heures de guet au pied des escaliers et les humiliations des flics. À seize ans, il avait arrêté de perdre son temps au lycée en comprenant que les filles ne s'intéressaient pas à un type comme lui.

Il n'était ni très agressif ni assez malin pour ramasser le pognon là où il se trouvait. Il n'était qu'un suiveur et possédait ce qu'il fallait de recul pour en souffrir. La médiocrité et la lucidité font mauvais ménage. Il s'était enfoui dans sa cagoule et trouvait là un univers propice à la dissolution de toute espérance et à la rumination de sa haine. Un jour, après une garde à vue de douze heures qui avait couronné une nuit d'illumination à l'essence dans une cité voisine, un imam qui connaissait son père lui avait parlé. Le religieux était jeune et son regard brûlait d'une énergie qui avait impressionné Brahim. Au lieu de lui servir le couplet sur la vertu coranique, l'imam lui avait dit : « Je vais te rendre plus fort que toutes les larves qui se sont mises en travers de ta route et t'offrir l'occasion de te revancher des années perdues. » Brahim voulait trouver une raison de se battre ? Il voulait vivre par l'esprit et par l'action ? « La puissance et la gloire », voilà ce que le jeune prêcheur lui offrait…

La Puissance et la gloire. En France, il n'y avait plus que les imams à prononcer des mots pareils.

Brahim écouta l'homme unanimement respecté de ce côté du périphérique. Il rejoignit le réseau. L'imam félicita sa recrue.

Elle allait se révéler la plus fanatique et la plus douée de toute la madrasa.

Brahim commença par se durcir l'âme au feu du Coran. Au bout de deux années à la mosquée de quartier, où l'on ne s'initiait pas qu'au maniement des sourates et à la manipulation des *hadiths*, Brahim fut mûr pour abandonner son ancienne identité et recevoir le nom de Suleiman en même temps qu'un billet d'avion pour Islamabad où les contacts de l'imam le guidèrent, par la région de Chitral, jusqu'au camp d'entraînement des provinces autonomes du Nord-Ouest pakistanais. Il avait dix-huit ans. La frontière afghane était à trente kilomètres du camp.

Hadji Zaher, le talkie à la main, déboula de l'autre corps du bâtiment.

— Ils sont combien, Suleiman ?

— Pour l'instant je n'en vois que trois, dit Suleiman. Il y a aussi des éléments de l'Armée nationale qui avancent sur les flancs. Et des gars de la police. Dont le nôtre.

À 12 h 35, dans la lunette de Suleiman, apparut le lieutenant.

— Par Allah !

— Quoi ? dit Hadji Zaher.

— Rien, dit Suleiman.

La sueur lui coula dans le dos.

Suleiman l'avait reconnu sur-le-champ. Ce front carré strié de trois sillons et ces yeux bleus un peu rapprochés qui lui donnaient l'air d'un épagneul, ce long nez fin et cette bouche trop petite, molle, appuyée sur un menton très fort. C'était lui.

— Ce porc ne s'est pas arrangé.

Suleiman prit les jumelles, se les enfonça dans les orbites. Dans sa concentration, il retroussait les lèvres, découvrant des dents blanches. Il repéra le béret rouge dépassant de la poche de treillis de l'officier.

— Lieutenant para ! Le fumier, siffla-t-il…

Suleiman savait que le jeune homme était entré dans l'armée après ses études. Les anciens du lycée parlaient parfois de ce petit ver blanc qui avait réussi les concours d'officier à force de cours du soir. Avec un père adjudant qui ne jurait que par l'armée, cela devait arriver. Mais l'idée de le retrouver un jour dans un village du Wazira afghan au bout de son œilleton ne l'aurait jamais effleuré.

— Hadji Zaher, je suis volontaire, dit-il brusquement.

— Volontaire pour quoi, Suleiman ?

— Je garde le Dragunov. Je descends le plus haut gradé de la section française. Ensuite, si j'en ai le temps, je remets ça et je les plombe jusqu'à ce qu'ils me localisent.

— C'est un suicide, mon frère, nous sommes en observation, si on tire, on se fera ratatiner, nous ne sommes pas assez nombreux. Ils ont des Milan, les Apaches américains seront là en dix minutes.

— Hadji, j'accepte le sacrifice. Vous décrochez tout de suite avec les hommes, vous n'avez qu'à traverser l'oued pour arriver au pied du talus. Ils avancent lentement, j'attends trente minutes, le temps que vous soyez hors de portée. Et je les fume : vous serez loin.

Hadji Zaher réfléchit et regarda sa montre.

— Trente minutes, laisse-nous trente minutes.

— Comptez sur moi, dit Suleiman.

— Suleiman, ce que tu fais te sera rendu au centuple. Allah couve les martyrs de sa miséricorde.

— Allah est grand, Hadji Zaher, dit Suleiman.

— Qu'Il te bénisse, Suleiman, dit Hadji Zaher.

Le petit groupe d'insurgés quitta la ferme. Des galets roulèrent sur le talus de la rivière et une vache meugla. Suleiman avait épaulé le Dragunov et posé le canon sur la margelle de la fenêtre. Il régla la molette de la lunette, regarda s'élever la fumée d'une cheminée, estima la déclivité de la pente et, avec une jouissance douloureuse, plaça au centre de sa mire la tête de Terence Juvenal.

Trente minutes plus tard, la balle jaillit du panache dans un claquement et traversa presque instantanément le cerveau du lieutenant Juvenal. La boîte crânienne fut emportée. Le jeune officier n'eut même pas le temps de savoir qu'il était mort et fit un pas avant de tomber. Le sergent Garmish, qui gardait pourtant ses distances, fut éclaboussé de sang. Le caporal-chef Rickel avait vu l'éclair partir d'une maison située en contrehaut, à six cents mètres au 160°, il gueula ses instructions et un déluge de métal s'abattit sur la ferme. La section entière vidait ses chargeurs vers les fenêtres du bâtiment. La *minimi* du chef

Akhtman crachait son feu roulant de 5.56 sur le pisé de la bâtisse. Le contre-feu permit au caporal Trouillet de régler calmement la rampe de tir de son missile Milan qui allait pulvériser le tireur isolé. Au même instant, la voix du muezzin déchira l'air brûlant. Tous les chiens de la vallée hurlèrent et un Apache américain, alerté par le message du radio de la section, se détourna vers le village, rockets engagées. Suleiman regarda le soleil. Il savait qu'il ne le reverrait plus. Mais il se fichait de mourir, à présent qu'il avait éliminé Juvenal, le petit salaud qui avait raflé Élise Bouchard.

Le missile Milan filoguidé partit dans un froissement. Un bruit presque soyeux.

Un mois plus tard, le lieutenant Juvenal recevait à titre posthume la croix de la valeur militaire avec citation à l'ordre de la brigade. Il y eut un discours où il était question de sacrifice, de devoir, de « défense-de-la-démocratie-au-prix-du-sang » et des valeurs de la République.

Le laborieux ministre qui s'en fendit ne pouvait tout de même pas savoir qu'Élise Bouchard avait encore fait une victime.

L'ERMITE

> Quelle chose étrange que la solitude, et comme elle est effrayante.
>
> KRISHNAMURTI
> *Commentaires sur la vie*

S'accouder au bastingage d'un bateau est aussi agréable que se tenir au comptoir d'un bistro, les yeux sur les taches rondes laissées par les verres. La Lena coupait la taïga. Il restait deux mille kilomètres jusqu'à la mer des Laptev. Le navire, un bateau à vapeur de l'époque brejnévienne, marchait à huit nœuds. Les Russes le mettaient en service pendant la saison d'été. Ces hommes avaient supporté le communisme pendant soixante-dix ans et continuaient à entretenir des machines hors d'âge. Les Russes n'ont aucun respect pour leur propre existence mais un sens pathologique de la conservation des objets.

Je me souviens d'un numéro de *Pour la science* de novembre 1997 : un entomologiste allemand y expliquait que le hanneton ne peut mathématiquement pas voler. Si l'on modélise les paramètres anatomiques et physiologiques de l'insecte – son poids, la surface de ses ailes, la fréquence des battements –, il devrait s'écraser. Le miracle est que la bête se montre capable de voler contre les lois algébriques. La course du hanneton dans le ciel de juin est un camouflet à la science. En regardant l'eau du fleuve caresser les flancs de la coque, je me disais que la Russie est aux nations ce que le hanneton est à l'Évolution : une aberration. Ce pays, au bord de l'écroulement, poursuit de siècle en siècle sa marche inaltérable. Il titube mais ne s'effondre pas.

Donc, les sapins. Ils défilaient bien sages et vieux de près d'un siècle. J'avais peut-être eu tort d'embarquer. Le défilement d'une rive fluviale aux environs du cercle arctique est une expérience métaphysique de la monotonie. Je buvais une bière Baltika n° 3 dans une chope de verre à grosses incrustations. Parfois, je levais mon verre et essayais d'aligner le niveau du liquide avec l'horizon. Une façon de trinquer avec le monde lorsqu'on boit seul.

Je reconnus tout de suite le capitaine. Un flandrin de cinquante ans, étonnamment efflanqué pour un Sibérien. Les hommes massifs jouissent de respect ici et j'ai vu des Russes vider un pot de mayonnaise à la cuillère à soupe alors qu'il ne faisait même pas très froid dehors. Ses cheveux bataillaient dans le vent. Il avait une veste de tergal mal coupée avec trois barrettes aux épaules. Pour rire, je me mis au garde-à-vous. Il me rendit mon salut. Je fus honteux car il se figea avec beaucoup de dignité.

— C'est vous le Français ? dit-il.

— Oui, dis-je.

— C'est à la vente, ils m'ont dit que nous avions embarqué un Français pour la croisière et qu'il fallait essayer de ne pas s'échouer.

— Ah ? dis-je.

— Pour l'image du pays.

— Ah, ah ! fis-je.

— Est-ce que Pierre Richard est toujours en vie ? demanda-t-il.

— Oui, dis-je.

— Et Mathieu ?

— Le peintre ?

— Non, Mireille.

— Je crois qu'elle est morte, dis-je.

— Non, pas du tout, elle est en vie. Je pose la question aux passagers français pour voir. Vous pensez tous qu'elle est morte. C'est un mystère.

— Admettons.

— Tout va bien à bord ?

— Oui, merci, c'est très agréable.

— Vous visitez la Yakoutie ?

— Non, enfin oui, c'est-à-dire que je suis ingénieur, je travaille là-haut.

Je fis un petit geste vers la proue.

— Sur les plates-formes pétrolières de la mer Arctique, ajoutai-je.

— Ah ? fit le capitaine.

— Oui.

— Lukoil ou Sibneft ?

— Lukoil.

— Et là, vous vous rendez à votre travail… en bateau à vapeur ?

Il ne me croyait pas. Trois jours d'embarquement m'avaient donné l'allure d'une épave. Je ne ressemblais pas à un sismologue capitaliste.

— J'avais dix jours, dis-je. Au lieu de rentrer en France, je suis descendu à Iakoutsk et je reviens lentement au boulot en me payant une croisière. En France, on dit « faire d'une pierre deux coups ».

— En russe, « le même coup de knout pour deux innocents ».

Le capitaine s'appuya sur le bois dépoli du plat-bord. Il était agité et un peu triste. Je le classai dans la catégorie « artistes » de la typologie que trois années de séjour dans l'Arctique sibérien m'avaient permis d'élaborer. Les Russes sont dotés de personnalités marquées par l'Histoire. Le temps agit en gouge sur leurs visages. La violence, l'âpreté ont sculpté des sillons dans la viande des faces. Dans les longueurs de la nuit arctique, là-haut, coincé dans ma prison off shore, je rêvais souvent d'écrire une *Anatomie des foules russes*, à la manière de Gustave Le Bon. Lorsque je rencontrais un Russe, je le rangeais dans l'une des cinq catégories sociomorphologiques auxquelles – pour le moment – aucun de mes interlocuteurs n'avait échappé.

Artiste itinérant et persécuté : escogriffe à peau pâle, yeux délavés, gestes brusques, tient des propos inconséquents, cheveux filasse, conversation confuse plus proche du charabia dostoïevskien que de la tendresse tourguénievienne, intérêt marqué pour l'ésotérisme et toute forme de spiritualité – sauf coranique.

Chasseur sanguin et boute-en-train : personnage gros, fort, peau tendue et très rose, yeux bleus, cheveux drus, blonds et souvent ras, très énergique, bavard, voix forte, grand buveur, équivalent slave du tartarin provençal, vit en province ou dans un village, doué pour la combine et la mécanique, terrible sens pratique, indifférence abyssale pour l'art.

Conspirateur raspoutinien neurasthénique : type brun, phénotypes abkhazo-géorgiens, petite taille, traits marqués par les tragédies, cachant sa morgue sous une barbe ou une moustache brune, silencieux et soumis d'apparence, héritier d'un passé complexe et trouble, idées politiques proches du nihilisme, mépris assez élégant pour la vie, a alimenté les rangs des penseurs blêmes et antitsaristes de la fin du XIXe.

Jeune fantassin enthousiaste casseur de fasciste : type musclé, beau, apollinien, sourire carnassier, nez très fin, visage viril, aurait pu servir de modèle pour les sculptures staliniennes ou de figurant dans une charge héroïque filmée par Eisenstein.

Businessman arriviste enrichi par la chute de l'URSS : parasite qui doit sa prospérité au dépeçage de l'Union soviétique, individu flasque, blanc et gros, cachant son manque d'éducation et sa crasse culturelle sous des vêtements lamentablement assortis, un amas de gadgets prétentieux et la satisfaction de soi-même, possède davantage de sens du kitsh que du beau, souvent moscovite, considère la nature comme un parc d'attractions et les bêtes sauvages comme des cibles pour le tir à la carabine.

— Capitaine !
— Oui ?
— Je vous offre une bière ?
— Merci, oui.
— En France, les capitaines disent toujours qu'ils ne doivent pas boire pendant le service.
— Ah, soupira-t-il, la délicatesse, la France, la civilisation.

Je pensais qu'il se moquait. Je revins avec une Baltika n° 3, fraîche. L'or crépita sous la mousse.

Nous trinquâmes à la rencontre. La rive s'éternisait. Nous passions en revue la morne plantation des sapins vert de bronze : baïonnettes des immensités. Le grondement du moteur nous paraissait aussi naturel que les battements de nos cœurs. Apparut une trouée dans les bois, une clairière d'une centaine de mètres de largeur courant le long du fleuve. Une cabane en ruine trônait au milieu d'un champ de souches. Les herbes envahissaient la place. Le tableau me fit une forte impression, il s'en dégageait une beauté violente.

— C'est la cabane de Constantin le Bienheureux, dit le capitaine.

— Un saint ?

— Il vit toujours.

— Ici ?

Déjà le bateau emportait la vision. Le sillage d'un navire est pareil à la vie : une broyeuse. La clairière, en arrière, trouait d'une tache floue la muraille des arbres. Le capitaine fixa l'aval.

— Non, la cabane est abandonnée. Lui, je l'ai bien connu. C'était un chauffeur de tramway d'Iakoutsk. Un type magnifique. Un jour, sa femme est morte d'une phlébite et lui décida de vouer son âme à Dieu.

— C'est drôle.

— Qu'est-ce qui est drôle ?

— Dans le malheur, certains maudissent le nom de Dieu et d'autres se précipitent vers Lui.

— Tout dépend de l'amour dont vous a comblé votre mère.

— Votre mère ? dis-je.

— L'intensité de la foi est inversement proportionnelle au degré d'affection reçue. Les enfants qui ont été trop choyés font de mauvais chrétiens. Les autres cherchent la chaleur dans la prière. Le Père est une mère pour les mal-aimés…

— Ah, dis-je.

— C'est ce que je crois, dit le capitaine.

— Oui.

— C'est une théorie, ajouta-t-il.

— Et Constantin ? dis-je.

— Quand Aliona mourut, il démissionna de la compagnie urbaine de transport. C'était pendant la Perestroïka de Gorbatchev (le capitaine cracha dans l'eau). Il vendit son appartement et il disparut. On retrouva sa trace six mois plus tard : il s'était construit la cabane que vous avez vue, un cube de trois mètres sur quatre avec un poêle, deux fenêtres et un auvent pour les bûches.

— Pourquoi avez-vous craché dans l'eau ?

— Gorbatchev a liquidé notre Union. C'est moins qu'une bite.

— Et Constantin, de quoi vivait-il ?

— Il avait apporté des vivres de la ville, des bidons de farine, du riz et du thé. Parfois un bateau s'arrêtait pour lui déposer des produits. Il pêchait et chassait un peu au début mais, très vite, il a arrêté parce qu'il ne voulait pas « détruire les créatures de Dieu », comme il disait. De temps en temps, je lui rendais visite, surtout l'hiver. Je partais d'Iakoutsk à l'aube et, en huit heures de route sur la glace, j'arrivais chez lui. Il vivait pauvrement, il aimait bien me voir, je crois. Il m'offrait du thé, on s'asseyait devant la fenêtre et il me parlait de Séraphim.

— Séraphim ?

— Séraphim.

— Qui est-ce ?

— Séraphim de Sarov, un saint russe. Un renonçant, reclus dans la forêt, pendant quinze ans, au siècle dernier. À la fin, le saint est devenu légèrement abruti : les ours venaient lui manger dans la main. La nuit, il se couchait contre le flanc des cerfs. Vous, vous avez saint François d'Assise, nous, nous avons Séraphim : des hommes qui ont tiré les conclusions de la vie en société et ont fini par préférer la conversation des bêtes. Constantin voulait lui ressembler.

— Et alors ?

— Au début, ça a bien marché, il était heureux, il se consolait de son deuil, il priait l'icône de la Vierge de Kazan pendant des heures, il jeûnait et partait dans les bois avec son chien. Une ou deux fois je l'ai accompagné, c'était un drôle de spectacle : il s'adressait aux choses, il saluait les oiseaux, il caressait les arbres, il demandait de leurs nouvelles aux fleurs, parfois il se penchait sur un petit champignon et il le félicitait de sa bonne couleur rose ou bien il voyait que le travail d'une fourmilière n'avait pas beaucoup avancé et il disait doucement : « Ce n'est pas bien, petites mères, l'hiver approche et vous n'êtes pas prêtes. » Pour tout dire, il était cinglé. Un jour, je l'ai vu avaler un quignon, il s'est assis sur la mousse et il a mangé son pain en le partageant avec un petit scarabée, des fourmis, un oiseau qui guettait sa part sur une branche de mélèze et un écureuil qui descendait de l'arbre pour chercher la sienne et remontait aussitôt pour la dévorer. Je regardais la scène. Constantin s'est levé et a dit : « Mes amis t'ont trouvé très sympathique. »

— Il ressemblait à quoi ?

— Il a beaucoup maigri la première année et il a commencé à perdre ses dents, on ne comprenait plus grand-chose à ce qu'il racontait. La barbe avait tellement poussé… Il y avait ses deux yeux bleus. On avait l'impression qu'ils allaient foutre le feu à la broussaille. Quand il croisait un animal, il devenait joyeux. Mais dès qu'il rencontrait un homme, son regard se voilait, son front se plissait : quatre sillons. C'était devenu un ange, il s'éloignait de nous.

— Mais pas de vous ?

— Moi, il me tolérait. J'étais son ami. Je ne parlais pas trop, je partageais son silence, je ne posais aucune question. Il m'avait dit une fois que les questions sont des coups de poignard, la marque du sans-gêne. Les gens arrivent, ne vous connaissent pas, vous secouent la main et se mettent à jouer aux flics en vous assommant de questions. Je pouvais rester une soirée entière à boire le thé avec lui sans un mot. Ces courtes visites me changeaient de mon foutu vapeur. C'étaient des incursions dans la Russie d'autrefois.

— Dans la Russie de Leskov.

— Dans la Russie de Lermontov.

— Dans la Russie de Chestov.

— Monsieur a ses lettres, dit le capitaine.

— J'ai surtout du temps sur les plates-formes, là-haut.

— Lui aussi, il avait du temps. Imaginez l'hiver, seul, dans un cube de rondins. Dehors : – 40 °C, le vent, le soleil qui rôde, malade, pendant cinq ou six heures, dans un ciel de clinique et les heures blanches, épouvantablement silencieuses qui passent, qui tombent, une à une, identiques, et lui, devant la fenêtre, à regarder le cadavre de l'hiver en serrant dans sa pogne sa tasse fumante. Après, il y a eu un problème.

— Il a bu ?

— Non, mais, à Iakoutsk, on a commencé à parler de lui. Un ermite, à huit heures de route de la ville, c'est un spectacle. Irina Soltnikova, une journaliste du quotidien de la région autonome, a passé deux heures là-bas et elle a fait un papier à la con : « Saint Séraphim de Yakoutie », avec une photo de Constantin qui avait un regard bizarre. L'article précipita les choses. Il commença à recevoir des visites. Chaque weekend, les gens venaient par voie de glace, en voiture avec la famille. Ils étaient pleins de bonnes intentions, ces abrutis. Ils allaient voir le « fol en Christ », le « reclus des taïgas », comme on l'appelait. Ils lui apportaient de la farine, du fromage, de la bière. Ils se faisaient prendre en photo, ils lui disaient : « Bravo, continuez, on en rêve tous. » Ils lui mettaient la main sur l'épaule. Lui aurait préféré recevoir un coup de poing dans la figure qu'une tape familière. Et puis les gens repartaient en laissant leurs traces de pas dans la neige. Constantin était devenu une attraction et sa clairière un zoo. Il y a des ermites qui ont fini assis sur des colonnes. Était-ce pour se rapprocher de Dieu ou pour fuir les emmerdeurs ?

— C'est une bonne question. Et il est parti ?

— Non, il a fait mieux. Il avait tué et dépecé un ours au moment de son installation. Quand une voiture pointait au loin, il s'enroulait dans la peau, passait un collier de dents et de griffes de fauves et recevait les gens comme cela, un bâton à la main. Il ne répondait plus à aucune question, il poussait des grognements. Vous imaginez les gens, flanqués de la marmaille, venus pique-niquer avec le « sage de la Lena » et qui se retrouvaient devant un sauvage à demi aliéné. Cela en a découragé certains, mais il y avait toujours des candidats.

— Vous savez, dis-je, le regard d'un singe dans une cage est l'une des plus grandes hontes de l'homme, et cela n'a jamais dissuadé aucun bourgeois de traîner son mioche au zoo.

— Je n'ai jamais été au zoo, dit le capitaine, et je n'ai pas d'enfants.

— Moi non plus, dis-je.

— Et puis, au milieu de l'été, il a tombé la peau d'ours et il est resté tout nu. Les types arrivaient chez lui pour passer la journée et ces salauds avaient le culot de dire : « Constantin, voyons, tu ne peux pas rester tout nu, il y a nos femmes. »

— Et qu'est-ce qu'il répondait ?

— Il hurlait. Il courait dans la clairière, la bite à l'air, avec sa barbe de deux ans, en beuglant comme un chameau, voilà ce qu'il a commencé à faire. J'aime autant vous dire que les gens ne restaient pas longtemps. Une fois, des types sont venus d'Irkoutsk pour le voir, des espèces d'ethnologues, des savants très préoccupés de notre Constantin. Quand ils sont arrivés dans la clairière, ils l'ont trouvé couvert de boue en train de se rouler dans une flaque comme un sanglier. Il les a chargés et les pauvres types qui s'étaient tapé cinq heures d'avion et dix heures de bateau à moteur sont repartis en courant. Ils ont raconté partout que le chien de Constantin lui-même semblait mort de peur et avait essayé de s'enfuir avec eux. Du coup, Irina Soltnikova, celle par qui tout était arrivé, s'est sentie responsable. Elle est venue trouver Constantin en plein été. Quand il a vu le canot à moteur aborder à la berge, il est monté sur le toit de sa cabane et il est resté là, à poil, pendant deux heures, tantôt sur une jambe, tantôt sur l'autre, battant des bras avec de brusques mouvements de cou. Irina tournait autour de la cabane en essayant de le raisonner. Elle rentra à Iakoutsk sans avoir pu échanger une parole et décréta qu'il était devenu dingue.

— Elle avait raison, non ?

— Moi, je pensais que c'était un stratagème. Il voulait la paix. Les fous ont la paix ? Il jouait au fou. Je lui rendis visite avant la fin du mois d'août, cette année-là. Je le trouvai au milieu de sa clairière, enduit de confiture de myrtilles et couvert d'abeilles. Il murmurait : « Venez mes petites, venez, régalez-vous bien. » Et quand je me suis approché et que j'ai murmuré : « Constantin, c'est moi », il a ouvert les yeux, les a levés au ciel, il s'est raidi, il a plissé les lèvres et a fait « Bzz ». Il ne m'a même pas reconnu.

— Et maintenant ?

— Il a retrouvé la paix, le silence et la solitude de ses débuts d'ermite.

— Ah ! Il s'est installé ailleurs ?
— Oui.
— Plus loin ?
— En quelque sorte.
— Comme vos ermites à la colonne ?
— À peu près.
— Il est aussi isolé ?
— Plus encore.
— Et plus tranquille ?
— Mille fois.
— C'est aussi paisible que sur les rives de la Lena ?
— Incomparablement plus.
— Silencieux ?
— Mieux que cela : pas un bruit.
— Les gens ne viennent plus le voir ? Ils ont compris ?
— Non, ce n'est pas ça. Mais les visites sont interdites dans la zone de confinement du centre de pathologie psychiatrique d'Iakoutsk.

LA LETTRE

> Pas de facteur ! pas de lettres !
>
> Y en a-t-il une de perdue ? – Je suis sérieusement inquiet.
>
> Ce n'est pas gentil de me laisser si longtemps sans nouvelles.
>
> GUSTAVE FLAUBERT
> *(lettre du vendredi 5 janvier 1877*
> *à sa nièce Caroline)*

La boîte aux lettres de la rue Paul-Vaillant-Couturier faisait face au bistro nordique Hamsun où les élèves du lycée Lavoisier se ruaient en bandes, sitôt sonnée la fin des cours. Les yeux violets de Marieke, la vendeuse fraîchement débarquée de Tromsø, attiraient davantage ces petits salauds boutonneux que les bocaux de harengs, alignés sur des présentoirs de pin avec ce manque d'imagination légèrement désespérant propre à la Norvège luthérienne.

La levée postale avait lieu le matin à 10 heures et celle du soir à 18 heures. Les horaires avaient été modifiés l'année précédente sous la pression du syndicat dont le porte-parole avait décrété dans un communiqué que « personne n'éprouvait plus le besoin de déposer une lettre après 6 heures du soir ni d'envoyer des nouvelles avant 10 heures du matin ». La levée de 15 heures, instituée en 1945, avait été supprimée. Les gens s'écrivaient moins, ils préféraient composer des numéros.

Maurice, arrivé de Saint-Denis de la Réunion en 1975, était le facteur du quartier depuis 1978. Il allait par les rues et les boulevards, appuyé à l'affreuse bicyclette carénée dont les technocrates du ministère avaient affligé les postiers. En sa jeunesse, Maurice avait exercé le métier, sur l'île, dans le cirque de Mafate. Il arrachait alors quinze mille mètres de dénivellation mensuels aux pentes volcaniques mais une sale tendinite au talon et des ruptures d'aponévrose l'avaient contraint à demander une affectation en des parages moins taraudés, et l'administration lui avait proposé Stains ou Romorantin. Il avait étudié la carte et, comme des deux villes, Romorantin était la plus proche de l'équateur, il avait choisi Romorantin.

Le Réunionnais connaissait le moindre pavé de sa tournée, saluait les commerçants, jalons de son circuit de sept kilomètres. Il appartenait à l'espèce des gens qui goûtent encore la saveur des spectacles cent fois admirés, des sensations cent fois éprouvées. Et la certitude de les connaître encore l'enchantait davantage que les promesses de l'imprévu. Né avec l'amour de l'aventure, il aurait choisi un autre métier. Seuls les pionniers de l'Aéropostale avaient réussi à surmonter la contradiction entre la furie des vols transatlantiques et l'aimable monotonie de la distribution du courrier.

Immuablement, il poussait les mêmes portes cochères, et jetait dans les boîtes, dont il connaissait chaque propriétaire, des enveloppes qui annonçaient des retrouvailles, précipitaient des catastrophes, rétablissaient des vérités, exigeaient des paiements. La plupart du temps, les gens ne recevaient que des factures mais, parfois, Maurice repérait une enveloppe manuscrite à l'écriture tremblée. Il avait appris à distinguer, dans l'hésitation, l'application ou la désinvolture de la graphie, un message d'amour d'une lettre de politesse ou d'un mot de rupture. Il savait que bien des cœurs s'étaient serrés à la simple vue d'une écriture attendue. Les facteurs sont les messagers du destin. Ils ne distribuent pas le courrier, ils battent les cartes de l'existence.

Il arriva à 9 h 58 à la boîte de la rue Paul-Vaillant-Couturier pour la levée du matin. Marieke lui rendit son salut en découvrant une de ces dentures qui confirment que l'industrie pharmaceutique nordique produit des pâtes dentifrices d'une qualité supérieure et la race scandinave des gencives irréprochables, héritage du temps où les peuplades lapones déchiquetaient les tendons d'ours, accroupies sous les tentes d'écorce.

— Pardon monsieur, dit Maurice.

Un jeune garçon d'une vingtaine d'années aux longs cheveux bruns, très pâle, attendait, planté devant la boîte. Des rangers cirées, un imperméable de cuir noir et une croix d'argent portée sur un tee-shirt où s'étalait en lettres gothiques « Vivre avilit » désignaient un membre de la tribu des « gothiques » qui connaissait un regain depuis deux ou trois ans dans le centre de Romorantin. Maurice crut avoir affaire à l'un de ces boutonneux de Lavoisier capables de se planter devant la devanture de Marieke pendant deux heures, espérant que la petite Viking décoche un regard par-dessus les saucisses. Le garçon ne bougea pas.

— Je dois ouvrir la boîte, jeune homme.

— Je dois récupérer une lettre, monsieur.

Maurice connaissait la musique. Des candidats au repêchage de lettres, il y en avait un ou deux par trimestre.

— Jeune homme, c'est impossible, dit Maurice.

— Elle est à moi.

— Non, mon garçon, quand la lettre tombe dans la boîte, elle nous incombe.

— C'est une question de vie ou de mort.

— Rien que ça ? Vous en êtes sûr, mon petit ?

— Si je vous décris l'enveloppe, si je vous indique l'adresse et si je vous montre ça pour que vous compariez l'écriture…

Le garçon tendit une enveloppe à Maurice. L'adresse d'une fille au nom arabe dans un quartier du nord était inscrite à la plume.

— La poste est un service public qui ne tient

pas compte des remords de ses utilisateurs. Quand vous jetez la lettre, vous jetez les dés. Les fentes d'une boîte sont à sens unique et les lettres, comme les morts, voyagent vers leur sort : vous les ensevelissez, elles ne reviennent pas de ce petit tombeau jaune.

Maurice déroulait toujours le même discours à ces foutus indécis qui prenaient la poste pour une consigne.

— Et si vous preniez ça ?

Le garçon tendait un billet de vingt euros.

— Je vais me fâcher, mon gars, et appeler la police.

— Monsieur, j'ai vingt ans, j'aime une jeune fille et il y a dans cette boîte une lettre d'insultes qui rompt en quelques lignes deux années d'herculéens efforts. Cette lettre est un sabordage. Vous seul pouvez me renflouer.

Maurice regarda le jeune type d'un drôle d'œil. Il aima soudain cet enfant qui tenait une rupture pour « une question de vie ou de mort » et s'exprimait avec une vigueur d'un autre âge, là où les beaufs habituels – petits Blancs racornis, bourgeois déclassés, métis arrogants – auraient ergoté en brandissant leur « droit » à disposer de ce qui « leur appartenait ».

— Vous ne savez même pas si elle vous aime, dit Maurice.

— De quoi vous mêlez-vous ?

— De ce qui appartient à mon sac postal que je m'en vais distribuer, dit Maurice en sortant la clef de la boîte.

— Attendez, monsieur, je vous en prie. Je l'aime et, si vous saviez… enfin… dans la lettre, je lui dis des insanités.

— Qu'est-ce qui vous a pris ?

— Je croyais qu'elle me trompait.

— C'était faux ?

— Bien sûr.

— Il fallait vérifier. Ou vous retenir.

— Vous n'avez jamais agi impulsivement ?

Maurice se souvint de cette soirée de 1969 sur les pentes de Mafate où, le cerveau labouré par le rhum et le sang échauffé par la viande boucanée, il avait flanqué à Marie-Thérèse une telle raclée que tous les chiens de l'îlet s'étaient mis à hurler en même temps et que les oiseaux avaient décollé de l'hibiscus tout proche comme si l'arbre s'était ébroué de ses parasites.

— Non, mon petit, dit Maurice.

— Vous mentez.

— Oui.

— Rendez-moi la lettre.

— C'est interdit par le code pénal. Si ma hiérarchie l'apprend, je risque plus que ma place : des poursuites. Soustraire une lettre à la boîte est pire qu'une entorse à la loi pour nous : c'est un déshonneur.

— Vous mettez moins de scrupules à voter une grève.

— Je vous dis que je risque ma place.

— Et moi, de passer à côté de ma vie.

— Puis-je vous confier quelque chose ? Vous avez bien agi.

— Qu'en savez-vous ?

— Je crois que le premier mouvement est le bon. L'avenir vous confirmera que votre geste cachait une intuition.

— Vous m'enfumez, monsieur.

— Venez, je vous offre un café, je veux vous expliquer.

Maurice coula le courrier dans son sac de toile de jute et referma le clapet de fonte de la boîte avec sa clef carrée. Le garçon n'esquissa pas un geste.

Chez Hamsun, Marieke servait un café-crème à un euro cinquante dans de grandes tasses rouges décorées de rennes lapons. La jeune fille détailla le couple qui prit place à l'une des tables de balsa Ikea. Que faisait le postier aux cheveux poivre et neige, ce Pygmée qui la saluait tous les matins, flanqué d'un vampire hamlétien ? Le conformisme de la jeune Scandinave fut ébranlé par la dégaine du garçon, mais la doucereuse libéralité sociale-démocrate, inoculée par deux décennies de fréquentation des établissements scolaires protestants, étouffa en elle tout embryon de jugement. Dans la vie, il fallait être *tolérant* et faire son métier. Elle apporta les tasses.

— Il y a quelques années, dit Maurice, il y eut un drame à la Réunion. Je l'ai appris de la bouche même du commandant Rédaille, chef d'un sous-marin nucléaire d'attaque sous les ordres duquel mon frère servait, à la base navale. *Le Rubis* devait appareiller avant Noël, de Saint-Denis, pour une mission de trois mois dans l'océan Indien. La veille du départ, le sac postal destiné à l'équipage fut acheminé sous scellés dans le sous-marin. C'est aux commandants des bâtiments que revient le soin de régler la question du courrier. L'état-major leur ordonne de lire les lettres des matelots avant de procéder à la distribution. Ils jugent ainsi du degré de gravité des nouvelles et décident de maintenir ou de reporter l'embarquement des hommes. Par exemple, si un message annonce l'agonie d'un proche, le destinataire est prié de débarquer. Vous imaginez Rédaille, à la veille de plonger à bord de sa pile atomique, occupé à éplucher des monceaux de banalités. Cela me rendrait fou, moi, d'avoir fait l'École navale pour me fader des nouvelles de la guérison de la varicelle des mioches ou de l'état du col du fémur de la tante Jeannine. Ce jour-là, le commandant décacheta une lettre de douze pages signée « Clotilde ». D'une vilaine écriture ronde, elle annonçait qu'elle quittait son mari. Il y avait tout : la litanie des griefs, l'étalage de rancœurs, le mauvais procès. Clotilde ne supportait plus cette vie dont les quais militaires et les aéroports constituaient les bornes. Elle avait rencontré un homme, un vrai, elle s'installait avec lui : un boucher de Roscoff. Le commandant était piégé. La lettre s'adressait à son chef mécano, un type irremplaçable. S'il transmettait le courrier, le malheureux ne s'en remettrait pas. Vous vous imaginez, macérer dans un chagrin d'amour à trois cents mètres sous l'eau, dans une passoire d'acier peuplée de mecs en marinière qui courent dans les couloirs avec des clefs à molette et des airs préoccupés.

— Pourquoi me racontez-vous cela ?

— Parce que cela vous concerne, dit Maurice.

Le postier fit un geste à Marieke et lui commanda un strudel.

— Le commandant a serré la lettre dans son coffre-fort à côté de son 9 mm et n'a rien dit à son mécanicien. La mission s'est déroulée sans encombre. Le sous-marin a patrouillé jusqu'aux îles Laquedives. Au retour à Saint-Denis, trois mois plus tard, nouveau sac postal. Nouvelle corvée pour le commandant. Et nouvelle lettre de Clotilde. Finalement, le boucher était du genre décevant, elle revenait, elle s'en voulait drôlement, elle n'avait pas de mots assez tendres pour son mari, ni assez durs pour elle. Le commandant déchira les deux lettres, l'affaire était classée, il se félicitait : dans la vie, mieux vaut ne rien savoir. Pour une fois, la politique de l'autruche payait.

— Vous êtes en train de m'avouer qu'il a bien fait de ne pas distribuer les lettres : rendez-moi la mienne !

— Attendez, mon petit… Le mécanicien est reparti chez lui, en Bretagne. Il a retrouvé sa femme et ils ont repris le cours des choses. La mer, les pluies de l'automne, les tempêtes de l'hiver, le soleil du printemps sur les rhododendrons de la petite maison et, comme horizon de cette existence-là, le quai d'embarquement… Sauf que, trois années plus tard, on a appris que le type s'était fait sauter le caisson avec son arme de service après avoir liquidé sa femme de trois balles dans le corps.

— Et alors ? Le rapport ?

— Mon petit ami, je dis cela pour vous convaincre. Le mécano du sous-marin aurait mieux fait de lire les lettres, d'en tirer les conclusions, de ne jamais rentrer chez lui… Il aurait pris la mesure du vrai visage de sa femme : les volte-face, son inconstance, sa médiocrité, cette vénalité, au fond, qui la poussait dans les bras d'un boucher enrichi dans le trafic de protéines. Le voile se serait déchiré. Toute lettre arrachée à son destin déclenche une chaîne de catastrophes. L'écriture est un processus mantique qui entraîne une cascade karmique. La correspondance s'inscrit dans le solfège de l'existence. Elle est commandée par des lois supérieures. L'homme ne doit pas modifier la partition. Si je vous remets la lettre, je m'immisce dans l'ordre des…

— Oui, bon, ça va, j'ai compris.

Le petit facteur baissa la voix, plissa les yeux.

— À Saint-Denis, tout le monde connaît l'histoire du *Benda,* un clipper qui appareilla de Durban en Afrique du Sud, au début du XVIIIe siècle, pour regagner l'Europe. À bord, serrés entre les pierres précieuses à destination des diamantaires d'Anvers et les empilements de défenses d'ivoire, il y avait les lettres que les officiers du comptoir hollandais adressaient à leurs proches de Zélande, de Frise ou de Rotterdam. Le navire s'échoua peu après son départ sur les bancs de la Juive dans le canal du Mozambique : un écueil qui fracassa tellement de vaisseaux qu'on se demande si ce n'est pas l'accumulation des épaves qui constitue le haut-fond. Il y avait dans les flancs du voilier la lettre d'un jeune capitaine qui priait ardemment la fille d'un tailleur d'Amsterdam de l'attendre. Il lui jurait des choses superbes, déroulait ses envolées, célébrait le bonheur conjugal contre la stérilité de la vie aventureuse – bref une bonne petite lettre d'amour ridicule, avec ses mensonges, ses suppliques et ses serments assortis de l'infâme brouet de l'espérance. La lettre n'arriva jamais.

— Comment savez-vous ce qu'il y avait dedans ?

— Parce que le jeune capitaine, qui n'avait rien su du naufrage, a écrit par la suite un récit, un petit libelle, dans le genre précieux. On nous faisait lire cela à l'école, à Mafate : *Les Infortunes de la correspondance*, par le capitaine Arminius Van Kipp. Dans la lettre disparue, il demandait le crédit d'un an à la fille, lui jurait de l'épouser sitôt débarqué. La petite Batave, à Amsterdam, ne pouvait se douter que le programme de son avenir radieux flottait dans les eaux entre Madagascar et le Mozambique. Quand le marin transi arriva un an après, sûr de lui, à Amsterdam, ce fut pour découvrir les jumeaux que la dame avait donnés entre-temps à un cultivateur de tulipes de la région de Delft.

— La mienne n'est pas hollandaise. Elle s'appelle Aïcha.

— Soyez sérieux. Vous avez compris. Il ne

faut jamais briser la course d'une lettre. Une missive est une pièce d'engrenage. Ni le hasard ni un homme ne doit se permettre d'enrayer le mouvement. Laissez-moi remettre la vôtre. Je m'économise la responsabilité d'un délit. À vous, j'évite une malédiction.

Marieke apporta l'addition, ils réglèrent en silence, sortirent du café, se serrèrent la main sur le trottoir et se quittèrent. Marieke suivit des yeux longtemps ce jeune garçon à l'imperméable noir qui, finalement, n'était pas fâché de l'intervention d'un facteur étranger dans le débat intérieur qu'il menait à propos de la petite Aïcha dont il se rendit compte, au fond, qu'il se foutait pas mal.

L'INSOMNIE

> Sachez que si l'insomnie doit faire partie de votre lot, elle fait son apparition un peu avant la quarantaine.
>
> FRANCIS SCOTT FITZGERALD
> *Veiller, dormir*

Des musulmans hurlant leur colère dans la tiédeur d'un soir d'été – où l'ai-je lu hier ? ou bien l'ai-je entendu à la radio ? Cette fois, ils crachent sur les œuvres d'un plasticien. Le pauvre type a commis l'outrage de projeter des reproductions de sourates du Coran sur un trottoir de Montpellier. Il recommence à pleuvoir sur les toits. Mon Dieu, comme il est bon de n'être pas sous la toile d'un mauvais bivouac… Un groupe de mahométans des temps nouveaux a fait rempart autour des projections pour empêcher les gens de fouler les images. Un de ces nouveaux janissaires à cagoule, yeux dilatés de shit et gestes de pantins frankensteiniens, a frappé une femme qui avait mis le pied sur un verset. Mais de quoi ont-ils peur, ces désarticulés ? Que Dieu vacille parce que des semelles de crêpe foulent Ses anathèmes ? Ils devraient savoir, ces pauvres fous, que les princes dignes de ce nom ne craignent pas la critique et que, lorsque l'on règne solidement, les coups vous effleurent et les balles vous ratent. Napoléon : les boulets lui caressaient le bicorne et lui ne cillait pas, la main au poitrail, caressant doucement ses rêves – ou son téton ? Il faut vraiment, à présent, que ces islamistes se pénètrent de l'idée que le récif corallien se moque des rages de la houle. Il faut qu'ils découvrent la valeur de l'indifférence. J'ai cette épine dans le dos, à hauteur des omoplates, comme si j'avais reçu un coup de poinçon. Pauvre César assassiné : le stylet a dû lui faire un mal de chien. On ne parle jamais de la douleur des puissants, on parle de leur chute comme s'ils n'avaient été rien d'autre que des statues de marbre abattues de leur socle… Serait-ce la course de samedi ? J'ai dû m'écrabouiller un disque lombaire. Ce Paris-Versailles, quelle laideur tout de même : des milliers de gens courant dans le désordre, hagards et vêtus de collants fluo et de marcels synthétiques : une abomination. Ces marathons urbains sont l'illustration dominicale de la maladie mentale moderne. Vingt mille hamsters échappés de la cage donnent leurs petits assauts égotiques sur le bitume. Il leur manque la roue de plastique. Et la Tunisie ? Est-ce qu'une seule voix de la cléricature pileuse s'est insurgée contre le procès de la jeune fille violentée par deux policiers. Que lui ont-ils reproché, déjà, les juges ? Ah, oui, « posture indécente ». Les premiers se jettent sur elle, les seconds la jugent. Ah, Dmitri Ivanovitch Nekhlioudov, comme ils sont loin de toi ces pourceaux ! Toi, au moins, tu tentes de sauver l'accusée que tu as séduite et qui se retrouve au tribunal par ta faute. Mais Tolstoï n'a pas écrit le Coran. Ils sont hideux ces pharisiens, ils gémissent devant une caricature mais il n'y en a pas un pour descendre dans la fosse aux serpents lorsqu'il s'agit de secourir l'innocence. Et voilà que ça redouble. Quelle pisse, cette pluie ! L'automne a été pourri et je vais être trempé si je vais au déjeuner à moto, tout à l'heure. Il faut, paraît-il, pour s'endormir, écouter ses organes. Où ai-je pu lire un truc pareil ? Bon, essayons. J'écoute. Le cœur se contracte et se relâche et la pression se libère et pulse le sang dans les conduits et irradie la bonne sève rouge par le réseau des artérioles jusque dans le moindre repli. Il faut que je me figure la lente image du sang circulant à giclées. La bonne purée de groseilles parcourt lentement mon entrelacs de tubes et, par saccades, elle progresse, visqueuse, et, à chaque battement, diffuse en minuscules explosions de nuages lysés son énergie dans mes tissus. Pourquoi avoir doté la femme d'un visage si c'est pour le cacher ? Ces monothéistes sont d'affreux... Aïe ! Je me tourne sur le flanc, est-ce que..., non ! le point fait toujours mal. C'est une douleur profonde, une chienne avec ses crocs ! Une douleur en pointe, *à l'intérieur* du corps, comme un coup de bec, loin de l'épiderme, « une douleur continentale », devrait-on dire… Cette pluie ! Cette fois, c'est la mousson, une mousson froide, la mousson tempérée de l'automne européen. Si les toits de Paris étaient des toits de tôle, on entendrait le fracas du déluge sur le métal. Pourtant on dort bien sous les tropiques en eau. Mes nuits d'orage à Siem Reap… et mes nuits sous les cataractes des jungles du Sikkim et ces déluges au Népal, comme si l'outre s'était ouverte, au-dessus du préau de métal de la petite école gurung, à Barapani. Je me souviens des bords de la Kali Gandaki. La rivière mugissait et l'on entendait s'entrechoquer les blocs énormes arrachés au sommet de l'Himalaya. Dans des milliers d'années, ces rochers deviendraient des alluvions sur les banquettes de silice du delta du Brahmapoutre et cette idée me faisait grincer des dents. Ensuite je m'endormais profondément. Les bruits de l'eau, étrangement, ne perturbent pas le sommeil, ils s'y coulent, s'y dissolvent et nos rêves flottent sur des paluds psychiques. Nos rêves : des Ophélie. Allons bon, avec ça, j'oublie d'écouter mon sang. Il y a cette description du sang dans *Les Braises*. Comment dit-il déjà, Sándor Márai ? C'est au milieu du roman… l'un des deux vieillards chuchote dans la pièce. Tant pis, j'allume ! « Le sang est la matière la plus noble de l'univers et lorsque les hommes voulaient communiquer à leur Dieu quelque sentiment élevé, un message extraordinaire, ils lui offraient toujours un sacrifice sanglant. » Voilà. C'est beau. J'éteins, sinon elle va se réveiller la petite chérie, alors qu'elle dort si bien, enfouie dans ses cheveux, avec ses paupières parfaitement innocentes, alors que des rêves adultères avec des maîtres nageurs congolais sont peut-être en train de mener la danse dans son crâne. Sacré Sándor Márai tout de même ! Ah, tout ce sang, cela me fait penser aux pauvres girafes ! Leur minuscule cerveau, tellement petit et tellement bon et tellement pur, perché à quatre mètres, là-haut, à la hauteur du frou-frou des pousses d'acacia. Cela doit être prodigieux la puissance du cœur d'une girafe. Il lui faut propulser une giclée du matériau « le plus noble de l'univers » vers la petite noix de cajou du cerveau… Si ces *Freaks* saoudiens décapitaient une girafe infidèle en *prime time* sur Al Jazeera, ils auraient de quoi faire un sacré geyser pour leur *snuff movie.* Et la petite Afghane, la petite sœur d'Anne Frank par-delà les temps, qui écrivait son journal dans son village de terre, il y a quelques semaines, sous les platanes mûriers, à la sortie des cours, et qu'ils ont voulu tuer parce qu'elle prétendait émettre des projets pour sa vie personnelle où elle n'incluait pas la soumission à un mollah de cinquante ans et l'obtention d'une fistule en récompense de la nuit de noces… Y a-t-il eu une voix chez les professionnels de l'indignation pour lui adresser un salut ? Y a-t-il eu un sourire bienveillant dans le buisson austère d'une seule barbe afghane ? Ce pincement dans le dos, c'est un point de brûlure. C'est une douleur grave, je pense, un signal d'alarme provenant des profondeurs, un de ces pincements dont on sait qu'ils préludent aux grands sapements. Ou alors un petit point de côté retors, une bulle d'air coincée ? Contractée pendant le jogging des fous ? Ah, je les revois, ces citadins épuisés par leurs vies de hasards et de nécessités et par les geignements de familles accidentelles. Ces pauvres pénitents : ils n'ont jamais honoré la dette contractée avec l'enfant qu'ils furent parce qu'il leur faut rembourser les crédits de l'adulte qu'ils sont devenus. Ils ont enterré leurs rêves sous le béton des projets. Et à présent ? Ils attendent le dimanche pour s'évader deux heures, fouler le bitume, ils s'épuisent pour tenir en respect l'envie de saborder le vaisseau et ils tentent de brûler les graisses autour de leurs abdominaux disparus dans les mangroves de la vie de bureau. « Très mal dormi. Friedrich Georg exprime la crainte qu'après la mort nous ne soyons sujets, dans l'autre vie, à cet ennui bien spécifique qui règne sur les nuits d'insomnie. » Je l'ai retenue cette phrase-là. Il a raison le vieux Jünger. Ils nous font rire ces catholiques avec leurs béatitudes infinies et leur barbotage dans les clapots de la mer éternelle. Ils nous déroulent leurs certitudes comme des échotiers qui viendraient de boire une Suze avec Dieu au Bistro des sports pour Lui tirer du nez les derniers scoops. Et si, au lieu des félicités paradisiaques, c'était vers les affres d'une insomnie sans fin que nous nous acheminions après avoir crevé ? Un long ennui, étendu comme l'univers. Quelque chose qui ne serait pas la mer de la tranquillité mais l'océan du spleen. Et l'on se tiendrait là, flottant dans les silences sidéraux en s'emmerdant *ad vitam aeternam*. La vie éternelle serait équivalente, avec une densité mille fois supérieure, à cet écœurement qui saisit toute personne normalement constituée devant la photographie des nébuleuses. Il y a ce poète du XVIIe siècle… Comment s'appelait-il, déjà, son nom m'échappe. Putain de bite ! Si la mémoire déserte les steppes de l'insomnie, il ne reste plus rien au dormeur éveillé… *Ach !* à nouveau la douleur. À présent elle irradie, elle bat au rythme de mon cœur. D'ailleurs, en parlant de mon cœur… Voilà une manière de se contraindre à écouter ses organes. Il suffirait d'attribuer à chacun une douleur pulsative, pas insupportable, non, mais suffisamment intense pour s'empêcher de penser à autre chose. Bon, retrouvons le nom de ce type, c'était un poète, commenté par Pascal. *Damned !* Les trous de mémoire sont une humiliation suprême, pire que les ravages des mites dans la penderie d'une ménagère maniaque. Demain, première heure, je cherche son nom. Au moins je me souviens du vers. « Le dirai-je, Mortels, qu'est-ce que cette vie ? C'est un songe qui dure un peu plus qu'une nuit… » J'ai mal à ces foutues vertèbres, même si je me retourne sur le ventre. Les musulmans ne connaissent pas les risques qu'ils prennent : et si les soixante-dix vierges dévolues aux héros étaient d'horribles matrones aux avant-bras musculeux ? J'aime mieux la supposition à front renversé de mon poète. Voilà une chic idée : la vie serait une longue hibernation et la mort un réveil. Une pensée de Pascal paraphrase ce type – mais comment s'appelait-il ? « Le sommeil est l'image de la mort, dites-vous ; et moi je dis qu'il est plutôt l'image de la vie. » C'est cela ! Nous nous croyons en vie, nous sommes endormis. Un jour, le dernier soupir expiré, nous nous réveillerons, et les morts, nous tendant la main de l'autre côté du voile, nous demanderont si nous avons fait de beaux rêves. Il faut que j'aille boire un verre de lait au lieu de ressasser ces sacs de vipères mentales. Étrange qu'on ait toujours associé le lait au sommeil dans la famille. Le lait est aussi blanc que les draps, il repose, onctueux comme la peau de la mère qui vous borde, et les dieux hindous le barattaient doucement avant que le monde ne jaillisse de la soupe primordiale et que les hommes ne surgissent du grand sommeil. Je vais me jeter un verre en écoutant l'eau du ciel tambouriner sur le toit de zinc et ensuite je sentirai le bon liquide blanc se répandre dans mon organisme et je coulerai dans le sommeil. Et le sperme ? N'est-ce pas le lait de l'homme ? On parle de laitance pour les sécrétions des poiscailles lorsqu'elles s'envoient en l'air dans l'eau.

Quand je pense que ce demeuré de Khomeyni avait consacré un livre tout entier à seriner ses recommandations de pureté éjaculatoire et à anathématiser les pauvres gars qui gouttaient dans le sable après des coïts furtifs et chameliers derrière des murs d'adobe. Comment ces religieux peuvent-ils encore éprouver le moindre élan de foi, empêtrés qu'ils sont dans leurs codes pénaux ? Sont-ils seulement croyants, ces juristes ? Il vaudrait mieux que je retrouve ce que Malek Chebel écrivait sur la jouissance amoureuse dans l'islam. J'essaierai d'acheter son livre demain, s'il ne pleut pas trop. Encore dix minutes et le réveil va sonner et je n'aurai même pas eu la force de me lever pour boire ce foutu verre de lait et la pluie rince l'aube après avoir lavé la nuit et elle n'a même pas cessé une seconde et Marianne est là, divinement endormie, et à la première sonnerie elle va se retourner, me passer le bras autour du torse et me demander si j'ai passé une bonne nuit.

— Tu as passé une bonne nuit, mon chéri ?

— Toujours, ma chérie, près de toi, toujours… je t'aime et tu m'apaises.

LA PROMENADE

To muse, to creep, to halt at will, to gaze.

WILLIAM WORDSWORTH
Scenery Between Namur and Liege

Le principe de la thermodynamique s'appliquait-il à la promenade ? « Si le frottement mécanique de deux corps produit de la chaleur, la marche doit nécessairement faire jaillir les idées », pensait Jack. Il quittait l'appartement de l'avenue Marceau loué à une plasticienne new-yorkaise, dont les mikados de tibias sertis d'obsidienne connaissaient le succès à Paris, et il partait chaluter le fond de son crâne, marchait droit devant lui pendant de longues heures, attendant la fécondation de l'esprit par l'effort. Il avait souvent eu l'occasion d'éprouver l'équation. Le long du Tibre à Rome, il avait conçu sa préface à un livre sur les masques béninois : il suffirait de broder autour de la pensée du cent dix-neuvième fragment d'*Opinions et sentences mêlées* où Nietzsche définit le sens esthétique par « la joie de comprendre ce qu'un autre veut dire ». À Angkor, il avait erré une journée dans les ruines du Bayon pour bâtir la trame d'un récit commandé par le *New Yorker* et, vers le soir, il avait eu l'idée de décrire les amours d'un pilleur de temple avec une danseuse khmère qui supplierait son amant de ne pas emporter à Paris la balustrade du XIIe hérissée de najas sur laquelle ils avaient baisé. Et il se rappelait sa déambulation le long des boulevards de Riga pour moissonner quelques impressions devant les façades *Jugendstil* dont le rédacteur en chef lui avait demandé de dresser « une fresque contemporaine et végétale ».

Cet après-midi, Jack était sorti tôt et il déambulait depuis une heure et demie le long des quais de la Seine, rive droite, vers l'île de la Cité. Sous le pont de la Concorde, un instituteur faisait la classe à ses élèves, debout sur le parapet :

— Les enfants, qui c'est qui peut me dire…

Jack, à haute voix, sans s'arrêter :

— *Qui est-ce qui*, les enfants, il faut dire : *qui est-ce qui…*

Le type avait craché :

— De quoi je me mêle, bouffon !

Les enfants avaient ri. Ces profs français étaient écœurants.

Il devait remettre sa nouvelle le lendemain à une revue londonienne, un périodique de luxe, encadrant des reportages sur les palais florentins et des photos de lofts mexicains avec des nouvelles d'écrivains estampillés « européens » ou

« cosmopolites », habitués aux vols en *business* et aux pages new-yorkaises. C'était la première commande du mois de septembre et il était à sec. Depuis dix ans, il plaçait ses textes dans les trimestriels anglo-saxons et, tous les deux ans, donnait à son éditeur de Boston un roman sur des amours labyrinthiques, froides, bavardes et lentes, que la critique américaine, en général, jugeait « trop français ». En se mordant la lèvre, il passa sous la passerelle Senghor. Le pont des Arts, avec ses treilles noires arquées sur les piles blondes, profila son sextuple ricochet.

Parfois le bateau de la brigade fluviale ouvrait un sillage dans l'égout de la Seine. Les clapots barattaient sur le rebord du soubassement, dérangeant les canards. Jack se souvenait d'un polar – était-ce Ellroy ? – où les flics yankees, en guise d'insulte suprême, lançaient à leurs collègues : « Eh mec, tu vas finir à la brigade fluviale de Salt Lake City. » À Paris, ces *fluviaux* avaient plutôt l'air de sacrés gonzes. Leurs zodiacs noirs étaient à quai sous le pont d'Austerlitz et Jack y était souvent passé pour aller visiter la ménagerie du Jardin des Plantes l'été où il composait un texte sur les parcs zoologiques européens pour un éditeur de Toscane.

Les gens passaient sous les saules pleureurs. Les couples, plus lentement que les autres. Certains marchaient enlacés, incapables de se séparer : un jour, ils se quitteraient et ce seraient des déchirures atroces. L'automne caparaçonnait la ville de cuivre. Le soleil rasait le toit du musée d'Orsay et un rayon venait mourir contre les soutènements. Les arbres pétillaient. La Seine serpentait et sa peau d'omble gris s'allumait de reflets pyrite. La malachite des colverts luisait. Ces bêtes étaient toujours d'une classe incroyable, sapées comme des princes. Le monde changeait, mais Paris recevait toujours la lumière comme une bénédiction et les Parisiens tenaient bon dans cette certitude : rien ne vaut une heure de marche sur les quais de leur fleuve. Des joggers accumulaient le crédit de quelques kilomètres dans l'objectif de se taper, le soir, des andouillettes spongieuses en toute bonne conscience. Certains avaient le rictus christique, la foulée désarticulée. Le jogging était la névrose d'une société qui n'avançait plus.

Sur le pont des Arts, les touristes s'embrassaient, conformément aux recommandations du *Lonely Planet.* Jack aurait bien aimé marcher aux côtés de Marianne. La garce ne le rappelait pas. Ils s'étaient rencontrés trois jours auparavant au vernissage de l'exposition de Florine de Lapiaz. Les tirages 3 × 4 de la photographe découvraient des horizons de buildings illuminés, vides : des cercueils de verre. Les fenêtres des bureaux faisaient des plaies blanches dans la nuit. Marianne était une amie de Florine. Jack et Marianne s'étaient retrouvés côte à côte, à contempler la photo de Bangkok, et il avait dit :

— Vous ne trouvez pas cela déprimant ?

— Quoi ? avait-elle dit.

— Que nous vivions dans des cliniques ?

— Vous seriez mieux dans une cabane ?

— Ces villes ressemblent à des hôpitaux, nous sommes malades.

— Je me sens bien, avait-elle dit.

— C'est ce que disent les plus atteints.

— Vous êtes prêtre ?

— Pourquoi ?

— Vous parlez comme eux. On leur dit ne pas croire au diable, ils répondent : « Il est en vous. »

— Non, pas prêtre, je m'appelle Jack.

— Marianne.

Il avait eu un mal fou à lui attraper une coupe de champagne et ils avaient parlé pendant une heure, dans un coin où personne ne risquait de les bousculer, et Jack avait trouvé son visage parfaitement parisien : un petit nez pointu, des cheveux bruns coupés aux épaules et des yeux inquiets, dont le cynisme, par éclairs, traversait la tristesse. Une biche avec un cœur d'hyène. Elle lui avait demandé d'où il était. Il avait dit « New York », car personne ne connaissait le Delaware à Paris. Elle avait dit : « Vous aussi vivez dans une clinique. » Ils s'étaient promis de se rappeler. Depuis, il avait laissé deux messages, en vain. S'il réussissait à la sauter, cela confirmerait sa théorie : une histoire d'amour, c'est lorsque aucun des deux n'a mieux ailleurs.

Il quitta les quais, monta l'escalier de pierre de la Mégisserie et gagna le parvis de Notre-Dame. Une estrade était levée au pied de la façade. Sur l'auvent, on lisait « Jésus m'aime » en lettres orange. Un groupe de « rock catholique », comme le précisaient les bannières, martyrisait l'air ambiant.

Et Il reviendra pour toujours.
Reçois le don, le don d'amour.

« Avec un sens esthétique aussi dégénéré, les curés n'ont aucune chance », se dit Jack. Il y a cent ans, le clergé romain avait répudié Huysmans que les jeunes Américains tout juste débarqués à Paris vénéraient et considéraient comme *la* clef d'entrée dans un Paris vénéneux et mental. Depuis des siècles, les papistes s'étaient toujours trompés. La cléricature déclarait systématiquement la guerre à la beauté, et les prélats ne rataient jamais l'occasion d'exprimer un mauvais goût très sûr. Et si la déchristianisation de l'Europe était la réaction naturelle à ce manque absolu d'exigence formelle ?

Indifférente aux refrains, une vieille dame, vêtue de laine mauve, donnait du grain aux oiseaux en murmurant des gentillesses, à l'ombre de la statue de Charlemagne. Elle avait un visage de carlin et ses yeux globuleux étaient lubrifiés par un larmoiement qui ne devait plus rien au chagrin. Un prurit lui irritait les glandes lacrymales qu'une existence décevante avait vidées. Quelques pigeons mêlaient leur anthracite au nuage des moineaux. Il regarda ce pauvre être humain. La femme avait dû choyer un mari, tenir à bout de bras une maisonnée, tendre ses mamelles à des gosses insatiables, éponger ses larmes dans des linges impeccablement propres et, à présent, cette troupe qui l'avait voracement tétée lui accordait à peine l'aumône d'un coup de téléphone à Noël et la laissait se consumer, avec les oiseaux publics pour seule compagnie. Et elle, elle distribuait le grain aujourd'hui avec la même patience, avec le même dévouement que la pâtée, hier, à ses mômes envolés.

Il ouvrit son cahier, hésita à prendre des notes. De cette image, au pied de la statue de bronze, il pouvait tirer un texte dans le style « roman social parisien ». Il décrirait les espérances du jeune poète yankee, débarquant à Paris, dans la Ville lumière, la ville qui avait offert ses refuges à la génération perdue, et le garçon découvrirait un peuple de vieillards débiles, nourrissant les piafs sous les mauvais accords d'une catéchèse électrisée, et il se jetterait dans la Seine par dépit. Mais la revue aurait refusé. Le réalisme social jurait sur les glaçures de papier. Et Volpina de la Vulva, la rédactrice en chef, n'aurait pas apprécié un pastiche de Dickens « *avec cent cinquante ans de retard* ».

La vieille ne faiblissait pas. On prend ces perchoirs humains pour des bougres séniles. Leur affection pour les bêtes procède pourtant d'une longue réflexion. Ils se sont sciemment détachés de leurs semblables tels les glaçons arctiques pelant de la banquise. Côtoyer les hommes les a convaincus de ne plus lier commerce qu'avec des êtres moins nocifs : les oiseaux, des petits chats, des rats parfois.

Plus loin, sur les berges du pont de la Tournelle, il regarda les jeunes gens s'entraîner dans les alvéoles qui y étaient aménagées. Des cours de danse se tenaient ici tous les soirs, improvisés sous les jaunes larmes d'un saule. L'été venait de s'envoler et la danse était comme un adieu. Sous la conduite d'un professeur à catogan noir, sanglé dans un boléro de velours, des filles en bas blancs et des garçons sérieux répétaient les passes. De la chaîne hi-fi coulait un tango noble. Les basses vibraient, lentes. Et les joggeurs, toujours, couraient sans un regard. Des mouettes rieuses d'Audierne prenaient l'air, à côté de ces gens dont les mouvements austères et les airs absents les rassuraient. Les élèves faisaient et défaisaient des nœuds avec leurs jambes, marchaient sur des braises, emmêlaient mollement leurs faux alanguissements, puis se refusaient brusquement car le tango est la danse de la lucidité. Jack aurait bien fait quelques pas avec Marianne dans la chaleur dorée. Elle n'appelait toujours pas. Il continua sa marche. Pas une idée en vue. Déjà 7 heures du soir.

Au pont, les platanes hurlaient. Les oiseaux vert et jaune perchés sur les branches étaient des perruches échappées du quai de la Mégisserie où les trafiquants de bêtes tiennent leur marché aux esclaves en se donnant nom d'oiseleurs. Un groupe de fillettes en robes plissées écoutait une dame à serre-tête raconter quelque chose sur « l'apparition des cathédrales gothiques dans toutes les régions de France, à la fin du XIIe siècle ». Jack remonta sur le trottoir par la rampe pavée où Valia renouait toujours ses lacets avant sa promenade sur les quais. Ils s'étaient aimés deux ans, là, dans l'appartement du quai de la Tournelle, au quatrième étage. Les fenêtres donnaient sur le quai et la proximité du fleuve brouillé par le haillon des platanes rachetait largement l'incessante rumeur des bagnoles fonçant, plein ouest, vers des dîners bourgeois ou des soirées réussies. Pour lui, la Seine était ce ruban de lumière électrique ou de reflets gris perle qu'il regardait couler, le soir, après la baise, en crapotant un cigarillo accoudé au garde-fou. Il avait aimé ce corps blanc, beurré. L'amour, ces années-là, avait un goût laitier. Il avait su qu'il l'aimait car elle lui manquait encore après qu'ils se retrouvaient et même lorsqu'ils gisaient côte à côte dans la sueur des draps, il éprouvait encore le vide d'elle. Mais, un jour, elle avait raconté quelque chose à propos d'un voyage au Maroc et elle était partie et il avait reçu une carte de Tanger représentant un caméléon de l'Atlas avec quelques lignes, au dos, lui signifiant son congé et il s'était demandé pourquoi elle avait choisi cette image pour écrire ses adieux et puis il avait appris qu'elle avait refait sa vie avec un ancien amant dont elle ne lui avait jamais rien dit et qui ressemblait diablement à Jack et il avait pensé qu'elle l'avait peut-être choisi, lui, parce qu'il donnait l'illusion de l'autre.

Jack s'approcha de la boîte d'un bouquiniste où il avait acheté un mois auparavant un exemplaire du *Requiem* d'Anna Akhmatova, mais le marchand n'avait pas une tête à se souvenir des visages. Le jeune homme fouilla distraitement une volée de livres et exhuma une édition de 1930 d'une *Ornithologie de l'Afrique sauvage* d'un certain Edmund Landor. Le livre coûtait trois euros. Landor était le nom de la mère de Jack, Mary Landor, fille d'un mercier de Cincinnati dont la vie n'avait pas eu grand-chose à voir avec les aventures africaines. Jack acheta l'ouvrage et le feuilleta à la terrasse de l'Institut du monde arabe d'où l'on voyait Paris vibrer fièrement à travers le dioxyde d'azote. Il s'arrêta sur la photo d'un pauvre petit oiseau dont le plumage contrastait avec les parures glorieuses des volatiles tropicaux et semblait incarner l'injustice de la répartition de la beauté par les forces de l'Évolution. La notice scientifique précisait que l'oiseau, en échange de quelques grains de mil, conduisait l'homme vers les essaims d'abeilles sauvages. Il avait reçu pour cela le nom d'« indicateur » et les hommes usaient de ses services depuis le néolithique pour récolter le miel. Sous le détail des mensurations et des caractéristiques de l'oiseau, on lisait ceci : « Dans les années 1880, un fait divers défraya la chronique au Congo belge. Un chasseur qui avait tué la femelle d'un indicateur d'une volée de plomb se vit conduire par le mâle vers un arbre creux où reposait un nid de mamba vert. L'homme crut mettre la main sur un essaim et fut mordu à mort. »

Jack tenait l'histoire. Il allait composer une fable sur la justice immanente qui se choisit des messagers modestes. Il suffirait de portraiturer le chasseur en salaud conradien, sabreur de bonobos, dézingueur d'éléphants, trousseur de putes dans les cases en bambou. Le type finirait par payer sa vilenie mais, contrairement au dénouement du roman africain de Romain Gary, ce ne serait pas un justicier héroïque, un Morel de cinéma, qui frapperait, mais un petit oiseau éperdu de chagrin. La chute tiendrait de la fable morale et de l'éloge de la faiblesse : ce serait écœurant à souhait. Avec cela, il suffirait de broder sur la jungle ténébreuse, de forcer sur la description d'un Kinshasa suintant le vice et d'engloutir le tout sous les hurlements des singes. Au journal, ils seraient ravis et, pour une idée trouvée la veille, il s'en tirerait à bon compte. Il régla son café, sauta dans le 63, jeta quelques phrases sur le cahier en passant devant les Invalides. À l'Alma, il sortit, traversa le pont en courant, tourna tout de même la tête vers le ciel de l'ouest qui virait au Turner, derrière la tour Eiffel, et monta quatre à quatre les marches de l'escalier de pierre après avoir tapé les chiffres 2567 et la lettre B sur son digicode.

Il écrivit le titre de la nouvelle : « L'Indicateur » puis son regard erra sur la table. Il cherchait l'attaque. *L'Après-midi d'un écrivain* de Scott Fitzgerald gisait sur le bureau, ouvert. Il se dit qu'il était bon de s'abreuver un peu de langue hautaine et de pensée coupante avant de commencer la traversée d'une page blanche. Fitzgerald développait dans un court paragraphe son opinion sur les nouvelles publiées dans les magazines américains. L'œil de Jack tomba sur ceci : «… genre morceau d'anthologie, mais pas tellement le sien – simple antithèse empathique, aussi conventionnel qu'une nouvelle pour magazine populaire, et plus facile à écrire. Ce qui n'empêcherait pas beaucoup de gens de trouver ça excellent, parce que ce serait mélancolique et simple à comprendre ».

Jack jeta le livre sur le tapis et recula sa chaise de la table. L'oiseau était mort dans sa tête. Il murmura « merde de merde », mit son manteau et sortit à nouveau pour marcher sur les quais.

LE BAR

> Markov prétend que j'essaie de poignarder son âme mais je préférerais me taper sa femme.
>
> CHARLES BUKOWSKI
> *Une discussion littéraire*

Le Bent Prop était une de ces cafétérias du Texas où des *rednecks* à moustache, chemise à carreaux et santiags reptile doivent à l'abnégation de leurs ancêtres de siffler tranquillement des Budweiser au comptoir, à côté de la console à fléchettes. Il y avait près du billard à six trous un juke-box rouge et or qui crachait de la *blue grass* quand on introduisait un quarter dans la fente. La vulgarité de Venda, la serveuse aux cheveux orange, se reflétait dans les miroirs et dans les chromes de la tireuse à bière. Elle servait les doubles whiskys, les chopes de blonde et les cafés allongés des voyageurs qui garaient leurs voitures sur le parking de gravier, au bord de la M51, la route de Phoenix à Tucson. Ivan la croyait d'origine irlandaise à cause de son nez retroussé, d'un très léger renflement du ventre, de ses taches de rousseur sur les avant-bras. Et surtout de cette manière de s'enflammer avec une gaieté sauvage lorsque Emmylou Harris et Sheryl Crow beuglaient (en déraillant pas mal) de leurs voix salopes le refrain de *Juanita* dans les baffles – imitation années cinquante.

Ils venaient pour l'Opus One, un vin que les Rothschild avaient acclimaté dans la vallée de Napa. Venda avait noté leurs habitudes. Depuis dix jours, chaque soir, ces quatre Russes poussaient la porte battante, avec des yeux éteints. Ils s'asseyaient sous la carène de Buick rouge encastrée dans le mur. La *drop zone* s'étendait à un kilomètre du bar et, à moins d'être totalement paniqué en se jetant de l'avion, on remarquait tout de suite le toit de tôle couleur homard de l'établissement. Les parachutistes sont des gens qui ont l'air de s'ennuyer assis sur les banquettes en skaï d'un bistro alors que le ciel s'éploie par la fenêtre. Depuis une vingtaine d'années, le Bent Prop recueillait les chuteurs après la journée de sauts et les Texans du comptoir n'accordaient pas la moindre attention à ces « abrutis suicidaires » comme les appelait ce vieil alcoolique d'Eddie, vacher depuis 1964 au ranch d'Eloy, près du rio Mato.

Iaroslav enleva sa casquette.

— Tu ne devrais pas, les Ricains ne se découvrent pas à l'intérieur, dit Youri.

— Je la remets, dit Iaroslav.

— Il faut se conformer aux usages, dit le prof.

Il s'appelait Youri mais on le surnommait « le prof » parce qu'il était le plus vieux de la bande et qu'il portait des lunettes.

— Sinon, couic, dit Nastia.

Elle était la femme du prof et elle fêtait quelque chose d'important ce soir.

— À ton millième saut, dit Youri lorsqu'il eut rempli les verres de ce vin lourd, gorgé de syrah, que Venda avait débouché devant eux.

— Et aux sauts de demain, dit Nastia.

— *Skydive or die*, dit Iaroslav.

Ivan s'était levé et, dans un anglais en copeaux, commandait à Venda des beignets d'oignons frits. Il lui disait en russe des petites choses salaces et faisait semblant de ne rien comprendre aux questions de la fille parce qu'il voulait s'attarder dans ses effluves qui lui rappelaient le gel douche de Ludmila, la pionnière qui s'était offerte à lui dans les toilettes du camp Maxime-Gorki, lors du rassemblement des komsomols de Vladivostok, en juillet 1988.

— Ivan ? Reviens, on trinque, dit Nastia.

Tous les ans, au mois de décembre, les quatre Russes chutaient dans le ciel d'Arizona. Sauter aux États-Unis sanctifiait le labeur d'une année dans les brumes de l'Extrême-Orient russe. Iaroslav et Ivan, ingénieurs atomistes, travaillaient à la base de sous-marins nucléaires de Bolchoï Kamen près de Vladivostok. Nastia tenait la comptabilité du garage de bagnoles américaines de son mari, Youri, dans le centre de la ville. En ce temps-là, les nouveaux riches postsoviétiques aimaient parader en Hummer dans les embouteillages de la ville avant de remiser leurs machines *ad vitam* à cause de l'une de ces foutues pièces détachées qui ne traversaient jamais le Pacifique à temps. Parfois, un de ces abrutis faisait une sortie de route et Youri râlait pendant une semaine car le spectacle de la carcasse explosée sur le bas-côté ne donnait pas une bonne image des concessionnaires. Leur existence se tirait mollement devant la mer du Japon. La semaine, ils engloutissaient des litres de thé. Le Prince Wladimir avait le goût de la résignation. Lorsque les journées s'effilaient trop mornement, devant les écrans de contrôle pour les uns ou dans l'odeur d'huile de vidange pour les autres, ils s'imaginaient à la fin de la semaine, serrés dans le petit Yak 52 bimoteur. Là, ils attendraient que la porte de l'avion s'ouvre, que le vent s'engouffre : la délivrance. Le samedi, quel que soit le temps, ils se retrouvaient à 9 heures du matin à l'aérodrome de Bolodievo. Le parachutisme offrait la clé des ciels de glace. Nastia pensait parfois qu'elle ne vivait que pour cet instant où le petit carré de Terre s'invitait dans l'enchâssure. Sauter de l'avion était meilleur que l'amour. On ne montait pas au ciel, on en tombait.

— Tout de même, ça fait bizarre de garder sa casquette, dit Iaroslav.

— On s'habitue aux trucs bizarres, dit Nastia. L'année dernière, on est allés en Malaisie avec

Youri et j'ai porté le voile. Le premier jour, j'ai trouvé que c'était à vomir, le lendemain j'avais oublié.

— « Et c'est ainsi que, s'habituant à l'inhabituel, le peuple finit par accepter l'inacceptable… »

— C'est de qui ? dit Nastia

— Du Che, je crois, dit Youri, ou de Kropotkine, je ne sais plus.

— Ce n'est pas une infamie de se conformer aux usages des gens. Si vous êtes invités chez des hôtes, la moindre des choses est de vous plier…

— Dans la vie comme en parachutisme : il faut plier, dit Ivan.

— Vous connaissez Stoddart et Conolly ? dit Youri.

— Une marque de glace ? dit Iaroslav.

Sur un geste de Nastia, Venda apporta une seconde bouteille de vin. Ivan coula un sourire idiot à la serveuse et lorgna ses gros seins blancs, songeant à la *pana cotta* du restaurant italien de la Prospekt Aleoutskaïa, à Vladivostok.

— Non, dit Youri. Ce sont deux Anglais, qui voyageaient à cheval, en Asie centrale, pour établir des comptoirs de commerce, à la fin du XIXe siècle. Des ambassadeurs. Ils avaient un mandat de la reine. Un jour, ils arrivent à Boukhara et veulent rencontrer l'empereur ouzbek, un tyran avec des doigts boudinés qu'il lui suffisait de claquer pour que se couchent sur ses genoux des petites danseuses slaves.

— Heureuse époque, dit Iaroslav.

— Ta gueule, Iaroslav, dit Nastia.

Ivan n'écoutait pas. Il étudiait les déhanchements de Venda. Pouvait-on modéliser en algorithmes le mouvement des filles ? La serveuse croisa son regard et Ivan leva un sourcil en découvrant ses dents.

— Tu lis des trucs comme ça dans ton garage, Youri ? dit Iaroslav.

— Oui. Les deux officiers se rendent au palais impérial. On leur dit que le khan est disposé à les recevoir et qu'il les attend. Ils sont à cheval. Ils ne connaissent pas les usages. Ils rentrent dans la citadelle sans mettre pied à terre. Seul l'empereur jouissait de ce privilège. Le peuple, lui, devait descendre de cheval, les Britanniques ne le savaient pas. Pour avoir ignoré le protocole, on les a décapités en place publique. Malgré les suppliques de la reine d'Angleterre !

— C'est très bien. Vivent les usages, dit Nastia. Ta casquette, tu dois la garder sur la tête.

— Il y a une autre histoire, en Mongolie, dit Youri…

— Sais-tu qu'Ivan ne t'écoute pas ? dit Nastia.

— Il est distrait, le pauvre chéri, dit Iaroslav.

— Je crois que je lui plais, dit Ivan.

— Pauvre petite, dit Nastia, les Américains n'ont aucun goût.

Youri resservit une tournée. Le verre fut vidé « à l'amour ».

— En Mongolie, donc. C'est un émissaire arménien. Il arrive à la cour du khan. Il a parcouru des milliers de kilomètres à pied dans les steppes. Il entre dans la tente de l'empereur et ne sait pas que la planche de bois qui ferme le seuil des yourtes est une pièce symbolique, quelque chose comme le Styx ou l'Achéron, la ligne entre le cosmos et l'univers domestique, enfin vous voyez... Et le type frappe consciencieusement ses bottes contre l'empiècement pour ne pas salir les tapis de la yourte. On lui a tranché la tête !

— Elle a dû rouler sur la prairie, dit Nastia.

Venda s'approcha et déposa l'assiette de beignets d'oignons frits en se penchant sur la table, et le mouvement du buste souleva le tee-shirt.

— Merci, ma chérie d'amour, dit Ivan, en russe. Un jour tu seras dans l'avion avec moi et nous sauterons dans le ciel et je te sauterai sur la Terre.

— Ivan, tu es lourd, dit Nastia.

Youri servait le vin à ras bord.

— On peut continuer la démonstration, dit-il. Chez les Touaregs, s'interposer entre le feu de bois et un homme qui s'y réchauffe est un défi mortel. Caresser la tête des enfants en Asie est irrespectueux, lever le pouce chez les Perses est obscène...

Iaroslav, à la mode russe, venait de poser les deux bouteilles vides sur le sol, au pied de la banquette.

— Je ne suis pas sûre que les Yankees apprécient qu'on jonche leur plancher de bouteilles, dit Nastia. Remets-les sur la table.

Venda s'approcha pour débarrasser. Ivan attrapa les deux bouteilles, les lui tendit et les retint dans sa main au moment où la fille s'en saisissait.

Ce fut alors que l'un des sudistes accoudés au zinc devant son litre de Bud déplia sa carcasse de cent quatre-vingt-douze centimètres, s'approcha de la tablée russe en martelant le plancher de ses santiags en python et, un poing sur la table, une main autour de la taille de Venda, siffla à voix basse dans un russe parfait où perçaient insensiblement les chuintantes de la Sunbelt :

— Les bouteilles par terre, vous pouvez y aller – mes grands-parents étaient de pauvres demeurés moujiks immigrés —, mais ce qui n'est pas du tout dans nos mœurs, ici, puisque le sujet vous intéresse, ce sont les branleurs nouveaux-russes qui font les yeux doux à la serveuse du Bent Prop, qui se trouve être ma femme.

LE PÈRE NOËL

Je suis le vrai Père Noël.

Essone Info,

Décembre 2012

Pour Noël, il avait son plan. Et une journée à tuer. Les trottoirs de Riga étaient en glace, les femmes marchaient à pas précis, couvertes de fourrure. Toutes étaient d'une élégance déplacée à cette heure de la journée. Il était midi et les talons aiguilles perçaient la neige de milliers de trous, semblables aux poinçons laissés par les sabots des faons dans les allées sableuses des forêts d'Île-de-France. Les Slaves, les Baltes, les Mordves savent marcher sur le verglas. En France, les gens glissent, se foulent le poignet et incriminent le gouvernement de n'avoir pas salé les routes.

Il était arrivé par le ferry de Rostock. À bord : des camionneurs estoniens, des Russes blafards qui regardaient sans cesse leurs montres à quartz et des touristes allemands, moulés dans des tee-shirt noirs. Ceux-là étaient attirés par le cours de la bière sur le littoral balte et les chattes lisses des putes baltes. Dehors, la tempête. Par les hublots, il avait regardé la neige. Le spectacle des flocons, hachant la nuit, condamnés à fondre dans l'eau de mer, l'avait déprimé. Dans l'odeur de fuel chaud, il avait fini *L'Envers du paradis*, mais la phrase « Et puis j'ai été ivre pendant des années, et puis je suis mort » avait fait déborder la coupe. Il avait jeté Fitzgerald sur la banquette : pas une lecture pour Noël. Il regretta de n'avoir pas emporté un aimable Gregor von Rezzori.

Il erra sur le quai du 11-Novembre. Au port, il détailla les bateaux : des cargos géorgiens (quatre croix rouges sur le pavillon), un gazier turc impeccablement tenu et des containers chinois, couverts d'idéogrammes, empilés en murailles de trente mètres de haut : les autels du Dieu de la globalisation. De puissants projecteurs au sodium éclairaient les entrepôts. Il prit l'allée Valdemara, marcha vers la cathédrale. Toutes les deux heures, il entrait dans un café, commandait un hareng avec une bière et pensait à Olga. Il l'avait connue l'année précédente. Le journal parisien qui l'employait l'avait envoyé à Riga pour assister à un défilé de mode. Olga venait d'ouvrir sa maison de couture et présentait ses collections : des manteaux de feutre kirghiz, ornés de motifs Art nouveau, brochés de bijoux de style scythe.

Après la présentation, il lui avait dit combien il aimait son inspiration steppique. Elle lui avait dit qu'elle vénérait la légèreté des nomades, la cruauté des bijoux scythes, la modernité des passementeries kazakhes. Il lui avait dit : « C'est Gengis Khan revu par Mucha », et cela l'avait fait rire. Ils étaient allés prendre un café puis elle l'avait emmené dans le quartier *Jugendstil* et lui avait montré les façades lascives, les immeubles semblables à des plantes. La sève semblait pulser dans les nervures de pierre. Il lui avait parlé de Guimard, elle se souvenait d'une phrase : « En matière d'art, il faut demander conseil à la nature. » Elle lui avait donné le bras, ils étaient allés boire un grog dans la rue Alberta, près de l'immeuble où Eizens Laube avait tenté de concilier la sophistication du *Jugendstil* avec la tradition paysanne balte. « J'essaie de faire la même chose avec mes tissus », avait-elle souri. Le soir, au restaurant, elle lui avait dit pourquoi elle avait accepté l'invitation à dîner. Il était le seul journaliste à ne pas lui avoir fait un compliment sur *la taille de ses jambes* et le mauve de ses yeux altaïques. Le lendemain, il était rentré à Paris en se souvenant d'une nuit violente, d'une peau un peu froide et d'un corps *Jugendstil.*

Ils s'étaient envoyé des lettres. On n'adresse pas des e-mails à des filles pareilles. Il avait acheté de l'encre turquoise pour l'occasion, c'était la couleur de la façade d'une maison construite par Eisenstein père, la préférée d'Olga.

Elle vivait avec ses parents et ses frères et

sœurs dans un vieux quartier du port. À Riga, « vieux quartier » est une expression relative, lui avait-elle écrit. « La ville a vécu toutes les guerres et subi ce génie des Russes pour saccager les choses. » Le centre-ville était resté somptueux, une bonbonnière agglutinant tous les styles architecturaux et traversée d'avenues lumineuses. Mais, près du port, le genre architectural « soviétique enthousiaste » prédominait : des enfilades d'immeubles gris. La famille habitait dans l'un de ces appartements standardisés, identiques de Vilnius à Vladivostok. Au temps de Brejnev, ils incarnaient le comble du bonheur domestique, la réussite sociale.

Il avait eu l'idée en gagnant le journal, un matin, par les Grands Boulevards parisiens. Devant les magasins, des Pères Noël attiraient les enfants en leur ouvrant les bras. Un photographe faisait une photo Polaroid et, pour 10 euros, les parents s'évitaient les hurlements des mioches. Il avait observé le manège, étudié la joie des gosses et mûri son plan.

Il allait débarquer, sans prévenir, chez Olga, le soir du réveillon, déguisé en papa Noël. Les petits seraient émerveillés, Olga serait heureuse de leur joie et, lui, il rencontrerait les parents. Il ne perdait rien à quitter Paris. Cette année, seule une tante de Dreux l'avait invité au réveillon. Il n'aimait pas cette soirée de sourires sucrés où les invités déchiquettent des papiers cadeau avec des gestes de mante religieuse. En outre mettre des boules sur un sapin lui semblait de mauvais goût et le clignotement des guirlandes dans les pavillons en crépi ajoutait quelque chose d'épileptique à cette fête de marchands de gâteaux. Il serait mieux sur les bords de la Baltique.

À 18 heures, il gagna l'Hôtel d'Angleterre, près de la cathédrale. Il gelait, les rues étaient vides, les Lettons s'apprêtaient à la fête. Il avait réservé une chambre : s'il réussissait à convaincre Olga d'y passer la nuit, il aurait son cadeau de Noël. Devant la glace de l'armoire, il essaya son costume rouge avec bonnet à pompon et fausse barbe, acheté à la Bastille. Il avait des jouets pour les petits, du parfum pour la mère, du vin de bordeaux pour le père. Et, pour Olga, une édition de l'entre-deux-guerres de dessins de Mucha. En la feuilletant avant de l'emballer, il se dit que les cheveux d'Olga ressemblaient aux boucles spaghettis des filles du peintre tchèque.

Le concierge lui expliqua comment gagner le port. À pied, il fallait une demi-heure. Il chercha longtemps l'immeuble, monta l'escalier de béton. Sur le palier, il se changea en Père Noël et sonna. Une dame en bigoudis ouvrit la porte. L'odeur de chou lui rappela le ferry-boat. L'appartement était plongé dans le noir. Le plafonnier de la cuisine éclairait une table de formica où un monsieur en pyjama lisait le journal. Deux enfants assez gras regardaient l'apparition, bouche ouverte, au-dessus de leur soupe.

« Olga ? dit la dame. Elle est à Tallinn cette semaine, elle revient pour Noël, le 7 janvier. »

Il se souvint alors de la lettre du mois d'août où elle lui avait vaguement parlé d'origines russes et de calendrier orthodoxe.

LE TRAIN

> Voilà des années que je n'ai plus pris le train.
>
> BLAISE CENDRARS
> *Dans le rapide de 19 h 40*

Tout ce qui bouleverse la vie advient fortuitement. Le destin ressemble à ces seaux d'eau posés en équilibre sur la tranche des portes. On entre dans la pièce, on est trempé. Ainsi va l'existence. J'ai été initié à la vérité du « pofigisme » le soir où je m'y attendais le moins.

Pofigisme n'a pas de traduction en français. Ce mot russe désigne une attitude face à l'absurdité du monde et à l'imprévisibilité des événements. Le pofigisme est une résignation joyeuse, désespérée face à ce qui advient. Les adeptes du pofigisme, écrasés par l'inéluctabilité des choses, ne comprennent pas qu'on s'agite dans l'existence. Pour eux, lutter à la manière des moucherons piégés dans une toile d'argiope est une erreur, pire, le signe de la vulgarité. Ils accueillent les oscillations du destin sans chercher à en entraver l'élan. Ils s'abandonnent à vivre.

Les Russes sont tous atteints à des degrés divers par cette torpeur métaphysique. Les Européens de l'Ouest, eux, ont oublié ce qu'ils doivent au stoïcisme, à Marc Aurèle, à Épictète. Ils méprisent ce penchant à l'inertie. Ils lui donnent le nom de fatalisme, font la moue devant la passivité slave et repartent vaquer à leurs occupations, les manches retroussées et les sourcils froncés. L'Europe de Schengen est peuplée de hamsters affairés qui, dans leur cage de plastique tournant sur elle-même, ont oublié les vertus de l'acceptation du sort.

C'était dans le train qui relie Vladivostok à Khabarovsk. Dehors, la nuit masquait l'infinie tristesse de l'Extrême-Orient russe. Quand le train passait devant un lampadaire planté le long de la voie, on distinguait un bouquet de bouleaux blancs. La blancheur de leurs troncs déchirait l'ombre d'un éclat effrayant. Les roues de métal martelaient les rails. J'avais une gueule de bois à flotter sur l'eau. Le fracas de la marche du train pilonnait le champ de ruines de ma tête lavée à gros bouillon par la bière Baltika dont j'avais fait ablution avant de sauter dans le wagon, fidèle à la tradition russe qui recommande de se saouler avant un long voyage.

Lorsque le train dépassa la station d'Oussourisk, je regardai s'éloigner les lumignons des tours de forage et des portiques d'usine. Une centrale thermique employait des milliers de gens et fournissait de l'eau chaude à toute la région. Les panaches de vapeur moussaient dans la nuit, éclairés par la réfraction des lampes au sodium. Des Russes vivaient dans ce néant, sous les cheminées. Je me dis que c'étaient les trente-cinq premières années qui devaient être les plus difficiles. Après trente-cinq ans, on se fait à tout : il n'y a qu'à regarder les quadragénaires, ils ne pensent plus qu'à durer.

Je regardai ma montre. Minuit. Je dis à haute voix : « Allons chercher de la bière. »

Dans un train, pas le choix. Soit on remonte vers l'amont, soit on va vers l'aval. Se déplacer dans un convoi s'apparente à la navigation fluviale.

Je partis vers la queue du Transsibérien. Dans un wagon, un Ouzbek de cent dix kilos barrait le couloir. Il me dit : « On ne passe pas », et il tendit la main devant moi comme font les agents de sécurité des pétroliers saoudiens dans les *lobbies* des hôtels internationaux. Il savait que je ne faisais pas le poids. Inspiré par les crabes du Yémen et encouragé par la Baltika, je répondis :

— Dégage, pauvre tache, sinon je te casse la gueule.

Le crabe du Yémen est bouleversant. Lorsqu'on lui coupe la retraite, il fait face et, du haut de ses cinq centimètres, vous défie, brandissant ses armes minuscules. Il est trente fois plus petit que vous, mais il est prêt à en découdre, persuadé de sa force, sûr de votre terreur. Le crabe est un don Quichotte à pinces. Son agressivité m'émeut au plus haut point. À chaque confrontation avec un crabe yéménite, je m'incline et dégage le passage, respectueusement. L'Ouzbek, lui, était du genre à écraser les crabes.

Il me saisit au col et me balança dans la porte de séparation des wagons. Le verre du carreau vola en éclats mais j'eus le temps de me protéger le visage avec mon bras. Le train arrivait en gare de Luchegorsk.

Je regagnai mon compartiment. Les Ouzbeks ont contracté de très mauvaises habitudes au temps de Tamerlan. Ce chef de guerre à qui l'on érige aujourd'hui des statues dans les rues de Tachkent était un horrible barbare. Des spécialistes pensent que c'est lui qui, renversant les principes de l'architecture mortuaire pharaonique, a inventé l'art d'ériger des pyramides avec le crâne de ses vaincus. Les Égyptiens, eux, mettaient les squelettes *dans* le monument.

Dans le compartiment, il y avait une jeune fille. Je ne me souviens plus de son nom, mais beaucoup de filles sibériennes se nomment Olga et il me plaît de m'imaginer qu'elle s'appelait ainsi. Je m'assis sur ma couchette, en face d'Olga, et c'est alors que je m'aperçus que j'étais couvert de sang. Un tesson de verre m'avait labouré l'intérieur du poignet sur quinze centimètres de longueur. La chair était entaillée, un morceau de peau pendait. L'excitation, l'alcool et les cris des témoins avaient anesthésié la douleur. On voyait palpiter la membrane de l'artère dénudée, comme le cœur des batraciens sous la fine pellicule de leur peau. Le spectacle donnait une très nette illustration de la fragilité de la vie. À un quart de millimètre près, le petit-fils de Tamerlan me saignait comme un porc. Je vis la scène : un flic aviné serait monté à bord et aurait tapé en vitesse une déposition concluant au « suicide d'un étranger dans le train Vladivostok-Khabarovsk ». Ensuite la responsable du wagon aurait passé la serpillière et le train aurait repris sa route vers le bord du fleuve Amour. Les trains russes sont très ponctuels.

Il se passa alors quelque chose de remarquable. Pour bien saisir l'événement, il faut imaginer l'effet que produirait sur une jeune Française installée dans un compartiment du Limoges-Vesoul de 23 heures l'entrée d'un Russe éméché et sanguinolant, l'artère à nu et la couenne en lambeaux. « De là, des complications », comme écrit Jules Verne dans *Michel Strogoff*.

Olga, elle, se leva de son châlit, ouvrit son sac à main, en extirpa des lingettes et entreprit de me nettoyer la plaie avec les mêmes gestes gracieux que les bonnes sœurs qui emmaillotent le moignon de Blaise Cendrars dans *La Vie dangereuse*. Elle coupa le bout de chair avec ses ciseaux à ongles, le jeta à la poubelle puis, se servant de morceaux de taies d'oreiller arrachés avec les dents, elle me confectionna un pansement qu'elle arrosa de son parfum – une marque bon marché que L'Oréal exporte dans toute la Russie. J'ai pensé qu'elle bandait bien. En face de filles pareilles, il n'est pas étonnant que les nazis aient échoué à Stalingrad.

Le train grinçait sur les rails posés par les armées de *zeks* innocents. Le parfum piquait la plaie, je grimaçai. Mon infirmière de campagne s'en aperçut et me rappela à l'ordre d'une voix ferme :

— On s'en fout de ta plaie. Sois *pofigist*e, mec.

LE TÉLÉPHÉRIQUE

Adieu le bal, adieu la danse…

CLÉMENT MAROT

Il flottait dans le chalet l'odeur joyeuse du boudin. Le feu de bois se reflétait dans la glaçure des beignets. La nappe disparaissait sous les assiettes à motifs de rennes lapons, les pains d'épice luisaient. Les couronnes de l'Avent hérissées de quatre bougies rouges, quatre tours de cire, attendaient l'allumette. Des sucres d'orge pendaient aux branches du sapin que Gretel et Hans, douze et neuf ans, obèses tous les deux, ensevelissaient sous les guirlandes. Les arbres sont des saints : ils se laissent persécuter en silence. Le chat, lui, s'était caché.

Le Cervin déployait ses arêtes, il encadrait dans la fenêtre ses ailes de chauve-souris pétrifiées. Sa masse d'encre envahissait le ciel. Quelques heures auparavant, les faces schisteuses, balayées de traits pastel par les rayons du couchant, s'étaient reflétées dans l'argenterie, souveraines, silencieuses, nourries d'alpinistes qui avaient prétendu égratigner le rocher noir de leurs parois. À présent, seul le sommet s'éclairait d'un capuchon de lumière. Greta, la maman de Gretel et Hans, achevait de fourrer les caillettes. Elle résistait à l'envie de goûter à sa farce aux pruneaux : elle avait pris huit kilos depuis la Toussaint et luttait depuis lors contre le désir morbide d'enfourner des choses dans sa bouche. Il lui fallait encore préparer les coquillages, remplir les cassolettes de cèpes, mettre la bière de Noël au frais et transvaser le vin de miel dans les carafons de cristal, pour l'éventer. Afin de se donner du cœur, elle écoutait un groupe de yodeleurs tyroliens. Ces chanteurs en short de cuir avaient réussi l'exploit de traduire en musique la dégoulinade de la crème.

Dans quelques heures, parents et cousins arriveraient. Tout serait prêt. Comme chaque fois, comme à chaque Noël. Un traîneau glissa devant les fenêtres. Des rires fusèrent. Des gens crièrent des noms anglais, ils retenaient dans leurs moufles des paquets de couleur griffés de noms de couturiers. Tout à l'heure, sous les sapins, des mains blanches et fines ouvriraient des écrins Cartier et des boîtes orange Hermès. Zermatt vibrait des préparatifs de la fête. Noël était la plus parfaite entreprise de détournement spirituel de l'histoire de l'humanité. On avait transformé la célébration de la naissance d'un anarchiste égalitariste en un ensevelissement des êtres sous des tombereaux de cadeaux. Pour quelques heures, en ce 24 décembre, l'immense névrose européenne de l'après-guerre s'octroyait un répit, le temps d'ouvrir des paquets dans un bruit de mandibules d'insecte.

Dans le chalet, il faisait 27 °C. Le foie gras exsudait. Sur le bloc rose, les gouttes de graisse perlaient. C'était la même rosée qu'au-dessus de la lèvre supérieure de Greta. L'horloge de l'église sonna. « Déjà 5 heures ? Étrange qu'ils ne soient pas rentrés », se dit Greta, à la vingt-cinquième huître.

Hans-Kristian Kipp, pharmacien bavarois, passait ses vacances de Noël à l'hôtel Mirabedau depuis quinze ans. Il introduisit une pièce de 5 francs suisses dans le télescope et le braqua sur le Klein Matterhorn. La cime du petit frère du Cervin était dans l'ombre elle aussi. On distinguait cependant le métal de la cabine du téléphérique. Elle oscillait au creux de la courbe du câble, entre deux pylônes meringués de glace. Kipp étouffa un juron. La silhouette d'un homme venait d'apparaître sur le toit de la benne, au-dessus du vide. Il était 5 h 10. Il faisait presque noir.

Un quart d'heure plus tard, dans le bureau d'Heinrich Heinz, directeur de la société des remontées mécaniques de Zermatt Bergbahnen, c'était le conseil de guerre. Le chef des pisteurs de la station, trois guides de montagne et les secouristes de l'OCVS écoutaient fulminer leur patron. « Me faire ça ! le jour de Noël. » Karl et Ernst, employés de la société, redescendaient habituellement de la gare du téléphérique à 4 h 30. Comme tous les soirs, à l'heure dite, ils avaient mis en route la benne de service après avoir vérifié et fermé les installations. Depuis, on n'avait pas de nouvelles… la cabine était coincée à deux mille sept cents mètres d'altitude, le système de frein s'était déclenché, mordant le câble porteur. La radio ne répondait plus.

Dans le village, les nouvelles glissent sur la neige, rampent par les venelles, s'immiscent dans les chalets. Greta, alertée par la rumeur, déboula dans le bureau de la Zermatt Bergbahnen, en larmes. Une odeur de profiteroles emplit la pièce encombrée de skis, de piolets et de piquets de slalom. Greta s'écroula sur la chaise que lui tendit Heinz. Ernst et Karl étaient ce qu'elle avait de plus cher au monde après ses enfants. Le premier était son beau-frère et le second son mari. « Faites quelque chose, Heinz ! Ils vont mourir. » Le plus vieux des pisteurs, un skieur de Montana qui avait survécu à dix-sept fractures, la rassura. Les deux techniciens étaient des natifs du Valais, « de purs gars, de vrais durs », et ils disposaient là-haut d'un équipement qui leur permettrait de passer la nuit, il ne fallait rien craindre, ils en avaient vu d'autres. Greta redoubla de sanglots. Elle imaginait sa tablée de réveillon avec deux chaises vides.

7 heures. Zermatt bruissait d'une nervosité anormale. Au bar des hôtels, dans la moiteur des spas, jusque dans les cuisines des restaurants, on

commentait le naufrage : « deux types… la télécabine… coincés ». Le vent avait forci, des gifles de grésil crépitaient contre les vitres. « Ce doit être l'enfer, là-haut. » Dans les rues, les rafales soulevaient des tourbillons de neige.

On allait donc sabler le champagne pendant que deux pauvres types, dont la vie consistait tout entière à veiller au bon déroulement des loisirs des vacanciers, risquaient de geler, suspendus à leur cercueil de zinc. Déjà, les premiers touristes passaient à table, la mine honteuse. On s'évitait du regard. À la pitié, à la compassion pour les infortunés, se mêlait une indéfinissable animosité. En somme, ces deux connards, incapables de faire fonctionner leur nacelle, allaient gâcher la fête. La soirée allait s'apparenter à l'une de ces inaugurations de photoreportage dans les galeries de la rive gauche à Paris où des dames en vison buvaient du champagne devant des photos de négrillons assis sur le ventre gonflé de leur mère morte.

La gêne était palpable. On entendait racler l'argenterie sur la porcelaine. Quelques enfants pleuraient. Il y avait quelque chose de pourri au royaume du télémark. Sur les sapins, les guirlandes clignotantes semblaient soudain des signaux d'alerte spécialement destinés à rappeler aux convives qu'ils se gobergeaient pendant que leurs semblables dépérissaient dans la tourmente.

8 heures. À la société des remontées, la cellule de crise battait son plein. Heinz réfléchissait.

L'activité cortexale inhabituelle avait cramoisi son visage d'Oberlandais alcoolique. Envoyer une équipe de secours était la seule solution. Trois des meilleurs guides de la station s'étaient portés volontaires. Le plan était parfait car il n'y en avait pas d'autre : gagner la base du pylône en ratrak, l'escalader, progresser le long du câble jusqu'à la cabine et faire descendre les deux malheureux en rappel. Simple mais dangereux. Heinz ne s'y résignait pas. Il se rongeait les ongles en écoutant frapper les rafales au carreau du poste de garde.

Ernst et Karl avaient fini de dresser la nappe. Sur la couverture de laine à carreaux rouges et blancs s'étalaient deux bouteilles de pinot noir de Salquenen, un magnum d'humagne rouge, deux bouteilles de fendant bien frais et une flasque d'abricotine. Les deux paniers en osier contenaient une saucisse sèche, une livre de viande des Grisons et une demi-meule de raclette valaisanne que Karl escomptait faire fondre à l'aide du petit réchaud Primus qu'il achevait d'assembler.

Ils allaient passer le Noël de leur rêve. Des années qu'ils en parlaient de ce réveillon à l'altitude des dieux, dans le hurlement de la tempête… Greta, née en Allemagne, mesurait la réussite d'une soirée à la quantité de calories ingurgitées par les convives. Elle traitait les invités qui franchissaient son seuil comme s'ils ne s'étaient pas nourris depuis six jours et elle confondait les devoirs de l'hôte avec la fonction du saint-bernard chargé de réanimer les victimes d'avalanche. Elle mettait sur ses *Plätzchen* une épaisseur de crème proportionnelle à la tendresse dont elle débordait. Elle pensait que le massepain adoucissait la dureté du monde. Elle transférait dans les strudels ses réserves d'amour. Ernst et Karl n'en pouvaient plus. Ils avaient déjà survécu ensemble à douze réveillons germaniques. Elle vivait dans la crème et eux rêvaient d'ozone. Ils avaient uniment contracté une indigestion. Greta était leur haut-le-cœur. Au fil des ans, les deux frères durcis par l'altitude avaient commencé à redouter l'approche du 24 décembre. Fêter la naissance du stoïcien crucifié par une bombance heurtait leur protestantisme. Et ces airs ravis des convives qui vous plantaient des couteaux dans le dos sitôt la porte fermée…

Ce soir, ils aspiraient à l'air sec, au vin clair, à la nuit pure. Ils allaient vivre un réveillon digne de Zarathoustra, sur la corde raide, pendus au câble d'acier.

La cabine du téléphérique serait le lumignon de leur rêve, accroché au plafond de la nuit. En descendant par la benne de service, ils avaient bloqué le frein et, coupant la radio, ils avaient conquis leur tranquillité. Demain, ils regagneraient la station et s'expliqueraient avec Greta.

Ernst enfonça le tire-bouchon dans le liège du pinot noir. Karl alluma le Primus.

Au même instant, la trappe du plafond de la benne s'ouvrit violemment.

Une bouffée glaciale s'engouffra dans la cabine et la tête d'un secouriste jaillit :

« Les gars ! On y est arrivé ! Vous êtes sauvés ! On vous ramène en bas ! »

LES FÉES

> Un enchantement, une fée vêtue
> D'un mouvement – doux comme le sommeil ;
> Ellipse de toutes les joies
> Somme de toutes les larmes.
>
> DYLAN THOMAS
> *Poèmes de jeunesse*

Ce Noël-là, le froid s'était abattu. La Bretagne était un oursin mauve et blanc, hérissé de glace. La houle torturait l'océan. Le vent sifflait, coupé par l'aiguille des pins. Les rafales froissaient la lande, battaient au carreau. Le ciel ? En haillons. Des cavaleries de nuages chargeaient devant la lune. L'eau de l'abreuvoir avait gelé. C'était rare, chez nous.

La ferme était bâtie au bord d'un talus surplombant la plage de Lostmac'h. Sur le côté du chemin, un menhir montait la garde depuis six mille ans. Le jour, la mer emplissait les fenêtres percées vers l'ouest. La nuit, il faisait bon écouter le ressac à l'abri des murs de granit.

La satisfaction de contempler la tempête par la fenêtre, assis auprès d'un poêle, est le sentiment qui caractérise le mieux l'homme sédentaire, qui a renoncé à ses rêves. Au-dessus de la porte, l'aphorisme de Pétrarque gravé dans le linteau renseignait le visiteur sur notre idée du bonheur : *Si quis tota die currens, pervenit ad vesperam, satis est.*

Nous étions dix convives à la table du réveillon : Pauline, moi et les nôtres. Les uns, comme Alan et Morgane, étaient venus de Brest, les autres vivaient sur la presqu'île. Nous avions éteint les lumières et flottions, un peu ivres, dans la lueur des bougies. À travers les bouteilles vides, les flammes projetaient leurs grimaces sur les murs nus. Parfois, un reflet dessinait une silhouette, fugace, tremblante.

— L'ombre des fées… dis-je.

— Moi, j'y crois ! dit Pauline.

— Ne commencez pas ! dit Pierre.

Pierre était notre voisin. Sa maison occupait une position analogue à la nôtre, au sommet de la terrasse littorale, de l'autre côté de la plage de Lostmac'h. Un bouquet de pins nous en masquait la vue mais, du large, on distinguait nos bâtisses respectives qui se dressaient en miroir, séparées d'un kilomètre, flanquant les deux extrémités du croissant de sable : deux tours jumelles veillant l'océan. Pierre s'était installé là, à son retour d'Afrique. Trente années à superviser des mines d'uranium dans le Sahara nigérien lui avaient donné des envies d'embruns. Il coulait des heures calmes, s'occupait de sa maison, sortait ses chiens dans la lande et venait de temps en temps nous rendre visite à la ferme.

Notre ami était l'ennemi de toute fantaisie. Les contes et légendes qui fleurissaient en Bretagne depuis quarante ans l'« emmerdaient à mort ». Il conspuait le folklore, haïssait les « biniouseries ». Il tenait pour des sommets de mauvais goût l'imagerie préraphaélite. L'engouement des peintres postromantiques pour les créatures éthérées l'écœurait. Les représentations contemporaines des créatures mythologiques le consternaient. Pour lui, mettre des ailes aux femmes signifiait que la femme ne suffit pas. Il tenait la croyance en un peuple d'elfes, d'éfrits et d'ondines pour un détraquage de l'esprit. Le goût du fantastique pour un infantilisme. Il invoquait l'influence du climat sur les psychismes. Trop d'humidité aurait déréglé les sensibilités et donné au Breton un penchant pour l'invisible. Lorsque nous lui répondions qu'il ne s'agissait que de déceler dans l'expression des choses vivantes la manifestation du divin, il s'emportait :

— Je me fous de vos fées !

Mais, ce soir-là, personne ne ménagea Pierre. C'était Noël, on voulait défendre le Merveilleux, la « matière de Bretagne », la légende arthurienne, la source fraîche des mythes médiévaux à laquelle s'étaient abreuvés les conteurs. Chacun voulut y aller de son histoire. Nous espérions que Pierre ravalerait ses sarcasmes. Dehors, le vent redoublait. La fumée des cigares faisait un ciel au plafond. Les flammes des bougies battaient à pulsations régulières. L'armagnac avait des teintes de miel.

— La nuit de Noël de l'année dernière, dit Alan, un chalutier errait dans la tempête près des récifs de la Roche Noire, au large de Kerscoff. Il y a eu un article dans *Le Télégramme.* C'était une nuit sans lune et les appareils de bord ne marchaient plus. Pourtant, le bateau est rentré au port en moins d'une demi-heure. Le capitaine m'a raconté avoir été guidé par des signaux qui brillaient sur les affleurements. Les lumières s'allumaient à l'approche du navire et s'éteignaient sitôt qu'il était passé. L'équipage a eu le sentiment d'être *accompagné.* Les hommes ont précisé qu'il ne s'agissait pas d'éclats de signalisation mais d'une luminescence étrange, vivante, en suspens dans l'air.

— Le halo des fées les a guidés ! dit Pauline.

— Foutaises ! dit Pierre. Est-ce qu'elles ne pouvaient pas envoyer un remorqueur ?

— Tais-toi, dit Morgane. Il y a eu à Plouharnel, au début du siècle, un phénomène similaire d'irradiation. Le violoniste du village était un drôle de type, mi-fou, mi-ermite. Il refusait les invitations et, le soir du réveillon, disparaissait dans la lande. « Je vais jouer pour les fées ! » disait-il. Il passait la nuit sur les chemins à semer des gigues. Le lendemain, il revenait, épuisé, trempé, et s'asseyait au café. Il expliquait que personne ne pense jamais à la solitude des fées le soir de Noël. Il disait que la nouvelle religion avait éclipsé leur règne : pendant que les hommes se réjouissent sous les feux du réveillon, elles ruminent leur peine dans la bruyère. Lui se chargeait de leur offrir gaieté et compagnie jusqu'à l'aube. Quand il est mort, il a été oublié dans un coin du cimetière. Mais, chaque 24 décembre, sa tombe était baignée d'une étrange lueur, enveloppante, douce, insaisissable, dont l'œil était incapable de discerner la source.

— Des feux follets, dit Pierre, des vers luisants ! Des lampes frontales ! Le reflet de la lune !

— Et l'histoire du couvent de Kerdonec ? dit Alan.

— Pitié, dit Pierre, changeons de sujet.

— Raconte, dit Pauline.

— On en a beaucoup parlé à l'époque, dit Alan. C'était un couvent de bénédictines. Dans l'église, accroché au mur de la travée nord, il y avait un tableau, une toile de maître du XVIIe siècle qui représentait la nef, vide, avec les chaises de bois alignées pour l'office. La peinture n'avait pas grand intérêt. Elle était austère, sévère, suintait l'ennui. Dans le restaurant qui jouxtait le couvent, le propriétaire avait accroché une toile intitulée « Les Fées ». C'était un de ces tableaux dont les Britanniques étaient friands à la fin du XIXe. On y voyait des créatures ailées, diaphanes, couronnées de fleurs, vêtues de robes blanches et baignant dans un clair automne. Les unes se miraient dans l'eau d'un étang, les autres dansaient des rondes dans un bois de bouleaux.

— Beurk ! dit Pierre.

— Un soir de Noël, la messe battait son plein. Soudain, au milieu de l'homélie, le curé se trouva mal. Il s'appuya sur le pupitre et montra du doigt le mur de la travée en balbutiant. Les fées du tableau de l'auberge s'étaient incorporées au tableau de l'église. Elles se tenaient *dans* la toile, assises sur les chaises peintes. Les ailes repliées dans le dos, elles assistaient à l'office. Le tableau était *vivant*... La panique fut indescriptible, l'église fut évacuée, on sonna les pompiers, les tableaux furent détruits !

— Merci : un service rendu au bon goût ! dit Pierre.

Il en avait assez entendu pour la soirée. Il était tard, on se quitta en se souhaitant joyeux Noël. J'insistai pour le raccompagner en voiture, mais Pierre voulait marcher un peu et rentrer chez lui par la plage. Il ajouta qu'il avait besoin du froid, du vent, du sel pour dissoudre le fatras d'inepties qu'on lui avait fait avaler.

Le lendemain matin, à 8 heures, Pierre nous téléphona. Il avait une voix paniquée et nous pria d'accourir. La route qui menait chez lui contournait les dunes de Lostmac'h. Il était aussi rapide d'aller à pied par la plage, mais le vent n'était pas tombé. Un quart d'heure après son coup de fil, nous étions près de lui. Il se tenait debout devant la baie vitrée et regardait l'océan, pâle, l'œil défait.

— Je regrette pour hier. Venez voir !

Sans aucune explication, il enfila sa veste et sortit. Nous le suivîmes sur le sentier abrupt qui du fond de son terrain, par une lande de fougères, donnait accès à la plage.

Le vent s'acharnait sur le pays. Le ciel roulait des présages. L'océan était une babine de chien, bavante. Nous luttions pour avancer. Pierre criait.

— Cette nuit en rentrant, j'ai été saisi par le froid sur la plage. L'alcool, peut-être ? La chaleur chez vous ou le vent de la nuit ? Je ne sais pas. J'ai eu un malaise et me suis évanoui. Je me suis réveillé dans mon lit ce matin, sans aucun souvenir et je suis descendu sur la plage pour essayer de retrouver l'endroit où j'étais tombé.

— Et alors ?

— Et alors voilà.

Nous étions sur la grève à mi-chemin entre nos deux bâtisses et à quelques dizaines de mètres de l'estran. On voyait distinctement l'endroit où Pierre était tombé. Le corps avait creusé le sable. De là partaient deux traces parallèles, rectilignes, qui filaient vers la maison de notre ami. C'étaient les pieds de Pierre qui avaient traîné dans le sable et creusé leur double griffe pendant qu'on le soutenait.

Il n'y avait nulle autre empreinte. Aucune trace de ceux qui l'avait porté. Et Pierre, éperdu, regardait ce sillon pendant que la houle s'écroulait sans répit.

DU MÊME AUTEUR

Aux Éditions Gallimard

UNE VIE À COUCHER DEHORS, 2009 (Folio n° 5142), Goncourt de la nouvelle 2009 et prix de la Nouvelle de l'Académie française 2009

DANS LES FORÊTS DE SIBÉRIE, 2011 (Folio n° 5586), prix Médicis essai 2011

S'ABANDONNER À VIVRE, 2014 (Folio n° 5948)

SUR LES CHEMINS NOIRS, 2016 (Folio n° 6597)

Livres illustrés

HAUTE TENSION. DES CHASSEURS ALPINS EN AFGHANISTAN, avec les photographies de Thomas Goisque et les illustrations de Bertrand de Miollis, 2009 (Hors série connaissance)

SIBÉRIE MA CHÉRIE, avec les photographies de Thomas Goisque et les illustrations de Bertrand de Miollis et d'Olivier Desvaux, 2012

BEREZINA, avec les photographies de Thomas Goisque, 2016

Chez d'autres éditeurs

ON A ROULÉ SUR LA TERRE, avec Alexandre Poussin, *Éditions Robert Laffont*, 1996 (Pocket)

LA MARCHE DANS LE CIEL, avec Alexandre Poussin, *Éditions Robert Laffont*, 1998 (Pocket)

LA CHEVAUCHÉE DES STEPPES, avec Priscilla Telmon, *Éditions Robert Laffont*, 2001 (Pocket)

L'AXE DU LOUP, de la Sibérie à l'Inde sur les pas des évadés du goulag, *Éditions Robert Laffont*, 2004 (Pocket)

PETIT TRAITÉ SUR L'IMMENSITÉ DU MONDE, *Éditions des Équateurs*, 2005 (Pocket)

ÉLOGE DE L'ÉNERGIE VAGABONDE, *Éditions des Équateurs*, 2007 (Pocket)

APHORISMES SOUS LA LUNE ET AUTRES PENSÉES SAUVAGES, *Éditions des Équateurs*, 2008 (Pocket)

VÉRIFICATION DE LA PORTE OPPOSÉE, *Éditions Phébus*, 2010 (Libretto n° 312)

APHORISMES DANS LES HERBES ET AUTRES PROPOS DE LA NUIT, *Éditions des Équateurs*, 2011 (Pocket)

GÉOGRAPHIE DE L'INSTANT, *Éditions des Équateurs*, 2012 (Pocket)

CIEL MON MOUJIK ! ET SI VOUS PARLIEZ RUSSE SANS LE SAVOIR ?, « Le goût des mots », *Seuil*, 2014 (Points)

BEREZINA, *Éditions Guérin*, 2015, prix des Hussards et prix littéraire de l'Armée de Terre - Erwan Bergot 2015, élu « Meilleur récit de voyage 2015 » par le magazine *Lire* (Folio n° 6105)

UNE TRÈS LÉGÈRE OSCILLATION : JOURNAL 2014 – 2017, *Éditions des Équateurs*, 2017 (Pocket)

UN ÉTÉ AVEC HOMÈRE, *Éditions des Équateurs*, 2018

Livres illustrés

CARNETS DE STEPPES, avec Priscilla Telmon, *Éditions Glénat*, 2002

SOUS L'ÉTOILE DE LA LIBERTÉ, avec les photographies de Thomas Goisque, *Éditions Arthaud*, 2005 (J'ai lu)

L'OR NOIR DES STEPPES, avec les photographies de Thomas Goisque, *Éditions Arthaud*, 2007 (J'ai lu)

D'OMBRE ET DE POUSSIÈRE. LES SOLDATS FRANÇAIS EN AFGHANISTAN, avec les photographies de Thomas Goisque, *Albin Michel*, 2013

EN AVANT, CALME ET FOU. UNE ESTHÉTIQUE DE LA BÉCANE, avec les photographies de Thomas Goisque, *Albin Michel*, 2017

COLLECTION FOLIO

Dernières parutions

6204. Moynot – Némirovski	*Suite française*
6205. Honoré de Balzac	*La Femme de trente ans*
6206. Charles Dickens	*Histoires de fantômes*
6207. Erri De Luca	*La parole contraire*
6208. Hans Magnus Enzensberger	*Essai sur les hommes de la terreur*
6209. Alain Badiou – Marcel Gauchet	*Que faire ?*
6210. Collectif	*Paris sera toujours une fête*
6211. André Malraux	*Malraux face aux jeunes*
6212. Saul Bellow	*Les aventures d'Augie March*
6213. Régis Debray	*Un candide à sa fenêtre. Dégagements II*
6214. Jean-Michel Delacomptée	*La grandeur. Saint-Simon*
6215. Sébastien de Courtois	*Sur les fleuves de Babylone, nous pleurions. Le crépuscule des chrétiens d'Orient*
6216. Alexandre Duval-Stalla	*André Malraux - Charles de Gaulle : une histoire, deux légendes*
6217. David Foenkinos	*Charlotte*, avec des gouaches de Charlotte Salomon
6218. Yannick Haenel	*Je cherche l'Italie*
6219. André Malraux	*Lettres choisies 1920-1976*
6220. François Morel	*Meuh !*
6221. Anne Wiazemsky	*Un an après*
6222. Israël Joshua Singer	*De fer et d'acier*
6223. François Garde	*La baleine dans tous ses états*

6224.	Tahar Ben Jelloun	*Giacometti, la rue d'un seul*
6225.	Augusto Cruz	*Londres après minuit*
6226.	Philippe Le Guillou	*Les années insulaires*
6227.	Bilal Tanweer	*Le monde n'a pas de fin*
6228.	Madame de Sévigné	*Lettres choisies*
6229.	Anne Berest	*Recherche femme parfaite*
6230.	Christophe Boltanski	*La cache*
6231.	Teresa Cremisi	*La Triomphante*
6232.	Elena Ferrante	*Le nouveau nom. L'amie prodigieuse, II*
6233.	Carole Fives	*C'est dimanche et je n'y suis pour rien*
6234.	Shilpi Somaya Gowda	*Un fils en or*
6235.	Joseph Kessel	*Le coup de grâce*
6236.	Javier Marías	*Comme les amours*
6237.	Javier Marías	*Dans le dos noir du temps*
6238.	Hisham Matar	*Anatomie d'une disparition*
6239.	Yasmina Reza	*Hammerklavier*
6240.	Yasmina Reza	*« Art »*
6241.	Anton Tchékhov	*Les méfaits du tabac* et autres pièces en un acte
6242.	Marcel Proust	*Journées de lecture*
6243.	Franz Kafka	*Le Verdict – À la colonie pénitentiaire*
6244.	Virginia Woolf	*Nuit et jour*
6245.	Joseph Conrad	*L'associé*
6246.	Jules Barbey d'Aurevilly	*La Vengeance d'une femme* précédé du *Dessous de cartes d'une partie de whist*
6247.	Victor Hugo	*Le Dernier Jour d'un Condamné*
6248.	Victor Hugo	*Claude Gueux*
6249.	Victor Hugo	*Bug-Jargal*
6250.	Victor Hugo	*Mangeront-ils ?*
6251.	Victor Hugo	*Les Misérables. Une anthologie*
6252.	Victor Hugo	*Notre-Dame de Paris. Une anthologie*

6253. Éric Metzger	*La nuit des trente*
6254. Nathalie Azoulai	*Titus n'aimait pas Bérénice*
6255. Pierre Bergounioux	*Catherine*
6256. Pierre Bergounioux	*La bête faramineuse*
6257. Italo Calvino	*Marcovaldo*
6258. Arnaud Cathrine	*Pas exactement l'amour*
6259. Thomas Clerc	*Intérieur*
6260. Didier Daeninckx	*Caché dans la maison des fous*
6261. Stefan Hertmans	*Guerre et Térébenthine*
6262. Alain Jaubert	*Palettes*
6263. Jean-Paul Kauffmann	*Outre-Terre*
6264. Jérôme Leroy	*Jugan*
6265. Michèle Lesbre	*Chemins*
6266. Raduan Nassar	*Un verre de colère*
6267. Jón Kalman Stefánsson	*D'ailleurs, les poissons n'ont pas de pieds*
6268. Voltaire	*Lettres choisies*
6269. Saint Augustin	*La Création du monde et le Temps*
6270. Machiavel	*Ceux qui désirent acquérir la grâce d'un prince...*
6271. Ovide	*Les remèdes à l'amour* suivi de *Les Produits de beauté pour le visage de la femme*
6272. Bossuet	*Sur la brièveté de la vie* et autres sermons
6273. Jessie Burton	*Miniaturiste*
6274. Albert Camus – René Char	*Correspondance 1946-1959*
6275. Erri De Luca	*Histoire d'Irène*
6276. Marc Dugain	*Ultime partie. Trilogie de L'emprise, III*
6277. Joël Egloff	*J'enquête*
6278. Nicolas Fargues	*Au pays du p'tit*
6279. László Krasznahorkai	*Tango de Satan*
6280. Tidiane N'Diaye	*Le génocide voilé*

6281. Boualem Sansal	*2084. La fin du monde*
6282. Philippe Sollers	*L'École du Mystère*
6283. Isabelle Sorente	*La faille*
6285. Jules Michelet	*Jeanne d'Arc*
6286. Collectif	*Les écrivains engagent le débat. De Mirabeau à Malraux, 12 discours d'hommes de lettres à l'Assemblée nationale*
6287. Alexandre Dumas	*Le Capitaine Paul*
6288. Khalil Gibran	*Le Prophète*
6289. François Beaune	*La lune dans le puits*
6290. Yves Bichet	*L'été contraire*
6291. Milena Busquets	*Ça aussi, ça passera*
6292. Pascale Dewambrechies	*L'effacement*
6293. Philippe Djian	*Dispersez-vous, ralliez-vous !*
6294. Louisiane C. Dor	*Les méduses ont-elles sommeil ?*
6295. Pascale Gautier	*La clef sous la porte*
6296. Laïa Jufresa	*Umami*
6297. Héléna Marienské	*Les ennemis de la vie ordinaire*
6298. Carole Martinez	*La Terre qui penche*
6299. Ian McEwan	*L'intérêt de l'enfant*
6300. Edith Wharton	*La France en automobile*
6301. Élodie Bernard	*Le vol du paon mène à Lhassa*
6302. Jules Michelet	*Journal*
6303. Sénèque	*De la providence*
6304. Jean-Jacques Rousseau	*Le chemin de la perfection vous est ouvert...*
6305. Henry David Thoreau	*De la simplicité !*
6306. Érasme	*Complainte de la paix*
6307. Vincent Delecroix/ Philippe Forest	*Le deuil. Entre le chagrin et le néant*
6308. Olivier Bourdeaut	*En attendant Bojangles*
6309. Astrid Éliard	*Danser*
6310. Romain Gary	*Le Vin des morts*
6311. Ernest Hemingway	*Les aventures de Nick Adams*
6312. Ernest Hemingway	*Un chat sous la pluie*

6313. Vénus Khoury-Ghata	*La femme qui ne savait pas garder les hommes*
6314. Camille Laurens	*Celle que vous croyez*
6315. Agnès Mathieu-Daudé	*Un marin chilien*
6316. Alice McDermott	*Somenone*
6317. Marisha Pessl	*Intérieur nuit*
6318. Mario Vargas Llosa	*Le héros discret*
6319. Emmanuel Bove	*Bécon-les-Bruyères* suivi du *Retour de l'enfant*
6320. Dashiell Hammett	*Tulip*
6321. Stendhal	*L'abbesse de Castro*
6322. Marie-Catherine Hecquet	*Histoire d'une jeune fille sauvage trouvée dans les bois à l'âge de dix ans*
6323. Gustave Flaubert	*Le Dictionnaire des idées reçues*
6324. F. Scott Fitzgerald	*Le réconciliateur* suivi de *Gretchen au bois dormant*
6325. Madame de Staël	*Delphine*
6326. John Green	*Qui es-tu Alaska ?*
6327. Pierre Assouline	*Golem*
6328. Alessandro Baricco	*La Jeune Épouse*
6329. Amélie de Bourbon Parme	*Le secret de l'empereur*
6330. Dave Eggers	*Le Cercle*
6331. Tristan Garcia	*7. romans*
6332. Mambou Aimée Gnali	*L'or des femmes*
6333. Marie Nimier	*La plage*
6334. Pajtim Statovci	*Mon chat Yugoslavia*
6335. Antonio Tabucchi	*Nocturne indien*
6336. Antonio Tabucchi	*Pour Isabel*
6337. Iouri Tynianov	*La mort du Vazir-Moukhtar*
6338. Raphaël Confiant	*Madame St-Clair. Reine de Harlem*
6339. Fabrice Loi	*Pirates*
6340. Anthony Trollope	*Les Tours de Barchester*

6341. Christian Bobin	*L'homme-joie*
6342. Emmanuel Carrère	*Il est avantageux d'avoir où aller*
6343. Laurence Cossé	*La Grande Arche*
6344. Jean-Paul Didierlaurent	*Le reste de leur vie*
6345. Timothée de Fombelle	*Vango, II. Un prince sans royaume*
6346. Karl Ove Knausgaard	*Jeune homme, Mon combat III*
6347. Martin Winckler	*Abraham et fils*
6348. Paule Constant	*Des chauves-souris, des singes et des hommes*
6349. Marie Darrieussecq	*Être ici est une splendeur*
6350. Pierre Deram	*Djibouti*
6351. Elena Ferrante	*Poupée volée*
6352. Jean Hatzfeld	*Un papa de sang*
6353. Anna Hope	*Le chagrin des vivants*
6354. Eka Kurniawan	*L'homme-tigre*
6355. Marcus Malte	*Cannisses* suivi de *Far west*
6356. Yasmina Reza	*Théâtre : Trois versions de la vie / Une pièce espagnole / Le dieu du carnage / Comment vous racontez la partie*
6357. Pramoedya Ananta Toer	*La Fille du Rivage. Gadis Pantai*
6358. Sébastien Raizer	*Petit éloge du zen*
6359. Pef	*Petit éloge de lecteurs*
6360. Marcel Aymé	*Traversée de Paris*
6361. Virginia Woolf	*En compagnie de Mrs Dalloway*
6362. Fédor Dostoïevski	*Un petit héros. Extrait de mémoires anonymes*
6363. Léon Tolstoï	*Les Insurgés. Cinq récits sur le tsar et la révolution*
6364. Cioran	*Pensées étranglées* précédé du *Mauvais démiurge*
6365. Saint Augustin	*L'aventure de l'esprit et autres confessions*

6366.	Simone Weil	*Pensées sans ordre concernant l'amour de Dieu et autres textes*
6367.	Cicéron	*Comme il doit en être entre honnêtes hommes...*
6368.	Victor Hugo	*Les Misérables*
6369.	Patrick Autréaux	*Dans la vallée des larmes* suivi de *Soigner*
6370.	Marcel Aymé	*Les contes du chat perché*
6371.	Olivier Cadiot	*Histoire de la littérature récente (tome 1)*
6372.	Albert Camus	*Conférences et discours 1936-1958*
6373.	Pierre Raufast	*La variante chilienne*
6374.	Philip Roth	*Laisser courir*
6375.	Jérôme Garcin	*Nos dimanches soir*
6376.	Alfred Hayes	*Une jolie fille comme ça*
6377.	Hédi Kaddour	*Les Prépondérants*
6378.	Jean-Marie Laclavetine	*Et j'ai su que ce trésor était pour moi*
6379.	Patrick Lapeyre	*La Splendeur dans l'herbe*
6380.	J.M.G. Le Clézio	*Tempête*
6381.	Garance Meillon	*Une famille normale*
6382.	Benjamin Constant	*Journaux intimes*
6383.	Soledad Bravi	*Bart is back*
6384.	Stephanie Blake	*Comment sauver son couple en 10 leçons (ou pas)*
6385.	Tahar Ben Jelloun	*Le mariage de plaisir*
6386.	Didier Blonde	*Leïlah Mahi 1932*
6387.	Velibor Čolić	*Manuel d'exil. Comment réussir son exil en trente-cinq leçons*
6388.	David Cronenberg	*Consumés*
6389.	Éric Fottorino	*Trois jours avec Norman Jail*
6390.	René Frégni	*Je me souviens de tous vos rêves*
6391.	Jens Christian Grøndahl	*Les Portes de Fer*

6392. Philippe Le Guillou	*Géographies de la mémoire*
6393. Joydeep Roy-Bhattacharya	*Une Antigone à Kandahar*
6394. Jean-Noël Schifano	*Le corps de Naples. Nouvelles chroniques napolitaines*
6395. Truman Capote	*New York, Haïti, Tanger et autres lieux*
6396. Jim Harrison	*La fille du fermier*
6397. J.-K. Huysmans	*La Cathédrale*
6398. Simone de Beauvoir	*Idéalisme moral et réalisme politique*
6399. Paul Baldenberger	*À la place du mort*
6400. Yves Bonnefoy	*L'écharpe rouge* suivi de *Deux scènes et notes conjointes*
6401. Catherine Cusset	*L'autre qu'on adorait*
6402. Elena Ferrante	*Celle qui fuit et celle qui reste. L'amie prodigieuse III*
6403. David Foenkinos	*Le mystère Henri Pick*
6404. Philippe Forest	*Crue*
6405. Jack London	*Croc-Blanc*
6406. Luc Lang	*Au commencement du septième jour*
6407. Luc Lang	*L'autoroute*
6408. Jean Rolin	*Savannah*
6409. Robert Seethaler	*Une vie entière*
6410. François Sureau	*Le chemin des morts*
6411. Emmanuel Villin	*Sporting Club*
6412. Léon-Paul Fargue	*Mon quartier et autres lieux parisiens*
6413. Washington Irving	*La Légende de Sleepy Hollow*
6414. Henry James	*Le Motif dans le tapis*
6415. Marivaux	*Arlequin poli par l'amour et autres pièces en un acte*
6417. Vivant Denon	*Point de lendemain*
6418. Stefan Zweig	*Brûlant secret*
6419. Honoré de Balzac	*La Femme abandonnée*

6420. Jules Barbey d'Aurevilly	*Le Rideau cramoisi*
6421. Charles Baudelaire	*La Fanfarlo*
6422. Pierre Loti	*Les Désenchantées*
6423. Stendhal	*Mina de Vanghel*
6424. Virginia Woolf	*Rêves de femmes. Six nouvelles*
6425. Charles Dickens	*Bleak House*
6426. Julian Barnes	*Le fracas du temps*
6427. Tonino Benacquista	*Romanesque*
6428. Pierre Bergounioux	*La Toussaint*
6429. Alain Blottière	*Comment Baptiste est mort*
6430. Guy Boley	*Fils du feu*
6431. Italo Calvino	*Pourquoi lire les classiques*
6432. Françoise Frenkel	*Rien où poser sa tête*
6433. François Garde	*L'effroi*
6434. Franz-Olivier Giesbert	*L'arracheuse de dents*
6435. Scholastique Mukasonga	*Cœur tambour*
6436. Herta Müller	*Dépressions*
6437. Alexandre Postel	*Les deux pigeons*
6438. Patti Smith	*M Train*
6439. Marcel Proust	*Un amour de Swann*
6440. Stefan Zweig	*Lettre d'une inconnue*
6500. John Green	*La face cachée de Margo*
6501. Douglas Coupland	*Toutes les familles sont psychotiques*
6502. Elitza Gueorguieva	*Les cosmonautes ne font que passer*
6503. Susan Minot	*Trente filles*
6504. Pierre-Etienne Musson	*Un si joli mois d'août*
6505. Amos Oz	*Judas*
6506. Jean-François Roseau	*La chute d'Icare*
6507. Jean-Marie Rouart	*Une jeunesse perdue*
6508. Nina Yargekov	*Double nationalité*
6509. Fawzia Zouari	*Le corps de ma mère*
6510. Virginia Woolf	*Orlando*
6511. François Bégaudeau	*Molécules*

6512.	Élisa Shua Dusapin	*Hiver à Sokcho*
6513.	Hubert Haddad	*Corps désirable*
6514.	Nathan Hill	*Les fantômes du vieux pays*
6515.	Marcus Malte	*Le garçon*
6516.	Yasmina Reza	*Babylone*
6517.	Jón Kalman Stefánsson	*À la mesure de l'univers*
6518.	Fabienne Thomas	*L'enfant roman*
6519.	Aurélien Bellanger	*Le Grand Paris*
6520.	Raphaël Haroche	*Retourner à la mer*
6521.	Angela Huth	*La vie rêvée de Virginia Fly*
6522.	Marco Magini	*Comme si j'étais seul*
6523.	Akira Mizubayashi	*Un amour de Mille-Ans*
6524.	Valérie Mréjen	*Troisième Personne*
6525.	Pascal Quignard	*Les Larmes*
6526.	Jean-Christophe Rufin	*Le tour du monde du roi Zibeline*
6527.	Zeruya Shalev	*Douleur*
6528.	Michel Déon	*Un citron de Limone* suivi d'*Oublie...*
6529.	Pierre Raufast	*La baleine thébaïde*
6530.	François Garde	*Petit éloge de l'outre-mer*
6531.	Didier Pourquery	*Petit éloge du jazz*
6532.	Patti Smith	*« Rien que des gamins ». Extraits de Just Kids*
6533.	Anthony Trollope	*Le Directeur*
6534.	Laura Alcoba	*La danse de l'araignée*
6535.	Pierric Bailly	*L'homme des bois*
6536.	Michel Canesi et Jamil Rahmani	*Alger sans Mozart*
6537.	Philippe Djian	*Marlène*
6538.	Nicolas Fargues et Iegor Gran	*Écrire à l'élastique*
6539.	Stéphanie Kalfon	*Les parapluies d'Erik Satie*
6540.	Vénus Khoury-Ghata	*L'adieu à la femme rouge*
6541.	Philippe Labro	*Ma mère, cette inconnue*
6542.	Hisham Matar	*La terre qui les sépare*
6543.	Ludovic Roubaudi	*Camille et Merveille*

6544. Elena Ferrante	*L'amie prodigieuse (série tv)*
6545. Philippe Sollers	*Beauté*
6546. Barack Obama	*Discours choisis*
6547. René Descartes	*Correspondance avec Élisabeth de Bohême et Christine de Suède*
6548. Dante	*Je cherchais ma consolation sur la terre...*
6549. Olympe de Gouges	*Lettre au peuple et autres textes*
6550. Saint François de Sales	*De la modestie et autres entretiens spirituels*
6551. Tchouang-tseu	*Joie suprême et autres textes*
6552. Sawako Ariyoshi	*Les dames de Kimoto*
6553. Salim Bachi	*Dieu, Allah, moi et les autres*
6554. Italo Calvino	*La route de San Giovanni*
6555. Italo Calvino	*Leçons américaines*
6556. Denis Diderot	*Histoire de Mme de La Pommeraye* précédé de l'essai *Sur les femmes.*
6557. Amandine Dhée	*La femme brouillon*
6558. Pierre Jourde	*Winter is coming*
6559. Philippe Le Guillou	*Novembre*
6560. François Mitterrand	*Lettres à Anne. 1962-1995. Choix*
6561. Pénélope Bagieu	*Culottées Livre I – Partie 1. Des femmes qui ne font que ce qu'elles veulent*
6562. Pénélope Bagieu	*Culottées Livre I – Partie 2. Des femmes qui ne font que ce qu'elles veulent*
6563. Jean Giono	*Refus d'obéissance*
6564. Ivan Tourguéniev	*Les Eaux tranquilles*
6565. Victor Hugo	*William Shakespeare*
6566. Collectif	*Déclaration universelle des droits de l'homme*
6567. Collectif	*Bonne année ! 10 réveillons littéraires*

Composition PCA/CMB Graphic
Impression Maury Imprimeur
45330 Malesherbes
le 8 janvier 2019.
Dépôt légal : janvier 2019.
1er dépôt légal dans la collection : avril 2015.
Numéro d'imprimeur : 233353.

ISBN 978-2-07-046339-8. / Imprimé en France.

346275